时光作渡，眉目传书

古典诗词里的深情告白

白凝　著

華中科技大學出版社
http://press.hust.edu.cn
中国·武汉

图书在版编目(CIP)数据

时光作渡，眉目传书：古典诗词里的深情告白 / 白凝著. —武汉：华中科技大学出版社，2024.4
ISBN 978-7-5772-0352-2

Ⅰ. ①时… Ⅱ. ①白… Ⅲ. ①古典诗歌—诗歌欣赏—中国 Ⅳ. ①I207.2

中国国家版本馆CIP数据核字（2024）第034341号

时光作渡，眉目传书
——古典诗词里的深情告白

白　凝　著

Shiguang Zuodu, Meimu Chuanshu——Gudian Shici Li de Shenqing Gaobai

策划编辑：娄志敏
责任编辑：肖诗言
封面设计：三形三色
责任校对：谢　源
责任监印：朱　玢
出版发行：华中科技大学出版社（中国·武汉）　电话：（027）81321913
武汉市东湖新技术开发区华工科技园　邮编：430223
印　　刷：湖北新华印务有限公司
开　　本：880mm × 1230mm　1/32
印　　张：7.75
字　　数：168千字
版　　次：2024年4月第1版第1次印刷
定　　价：49.80元

序

Preface

关于爱情，王小波先生曾说："一想到你，我这张丑脸上就泛起微笑。"泰戈尔则说："在遇到梦中之人前，上天也许会安排我们先遇到别人；在我们终于遇见心仪的人时，便应当心存感激。"

直到写过古诗词里的爱情，才发现，原来爱情也分许多种。

有一种爱情，叫作生死相随。正如李煜与小周后，又如柳如是与钱谦益。只不过，在这个爱情如快餐的年代，人们已经很难想象，爱情还能达到生死相许的境界。

有多少人，只爱对方的某一面，却忘记了，真正的爱情，是要爱一个人的全部，爱对方的优点，也爱对方的缺点。否则，当爱情照进现实，你便会觉得当初选错了人，更何谈与对方生死与共？

生死相随的爱情，并非真的要舍弃性命，而是在对方遭受劫难时，你愿意倾其所有去陪伴。并非每个人都体验过深沉的爱，甚至有人身处爱中，却意识不到爱的存在。

生死相随的爱，应该是一种奉献，一种实际行动，而不是一种感

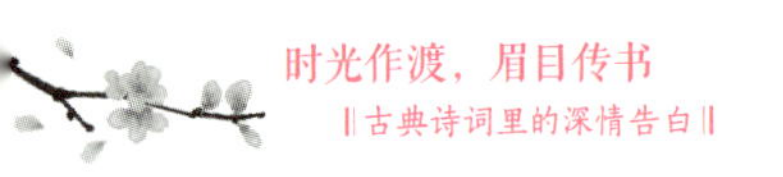

觉上的激情。做个能为爱付出真心的人吧，愿你付出的爱，也能引领你走上充满爱的人生。

有一种爱情，叫作白头之约。正如司马相如与卓文君，“愿得一心人，白头不相离”，又如唐玄宗与杨玉环，“在天愿作比翼鸟，在地愿为连理枝。”只不过，有了白头的约定，并不意味着爱情的中途不会经历坎坷波折。

爱情的旅途中，避免不了磕绊的发生。正因为有了酸甜苦辣，生活才让人回味无穷。世间没有任何事情是完美的，爱情也不例外。它没有捷径，也不会顺理成章，甚至还有泥泞阻碍前行。

在爱情中，若没有披荆斩棘的勇气，便没有勇往直前的能力。当历经坎坷，站在爱情的终点回首往昔，看看眼下拥有的幸福，才会发现一切都是值得的。

有一种爱情，叫作情深缘浅。正如陆游与唐琬、李商隐与宋华阳，深情相付，却注定只能成为路人。

人生一世，草木一秋。若缘分兜兜转转，还是不能将两个人牵在一起，或许，那便是不得不承认的宿命。

知音难觅，知己难寻，相知相守的幸福，往往稍纵即逝；人世间的悲欢离合，反而才是寻常。爱情就像烟花，瞬间的灿烂容易，最难得的，是地久天长。等待一段未知的缘分，不如珍惜当下能来到你身边的那个人。

有一种爱情，叫作相思成疾。正如李清照与赵明诚，又如朱淑真与初恋。缘分妙不可言，爱上之后，便再也无力自拔。

人生苦短，能遇到心爱的人，真是莫大的幸运。爱情很美，却也让人惆怅。若有情人不能朝夕相守，岁月都会变得凄凉。有些人，注定只是生命中的过客，今生相遇，了却尘缘，再各自向前。于是，人生中最不缺少的，就是离别。

多少爱情，败给了残酷的现实。余生不再打扰，成了最后的温柔。可总有许多人，缘已尽，情未了，心怀美好的期待，只能落下心结。

人生最大的遗憾莫过于遇到了深爱的人，却注定不能在一起。从此，放不下，忘不了。思念是一种别人触摸不到的痛，却又成为专属于自己的一种幸福。因为相思无药可医，所以才痛并快乐着。

有一种爱情，叫作忠贞不渝。正如苏轼与王弗，又如纳兰容若与卢氏。爱也有代价，如果无法承受，就别轻易打开自己的心。

经历过时间考验的爱情，会变成相守的动力。不管来生多么美丽，我不愿失去今生对你的记忆；我不求天长地久的美景，只要生生世世轮回有你。最好的爱情，从来不是用语言说出来的。陪伴是最长情的告白，我需要时，你便在触手可及的地方，或许，这才是对爱情最浪漫的定义。

目录

Contents

001 / **愿得一心人，白头不相离**

卓文君与司马相如：遇你，与你，予你，余你

017 / **十年生死两茫茫，不思量，自难忘**

苏轼与王弗：旷世温柔，至死方休

034 / **把酒送春春不语，黄昏却下潇潇雨**

朱淑真与初恋：谁能留住，欲落的春花

054 / **当时明月在，曾照彩云归**

晏几道与歌女：心心之间，念念之远

071 / **问君能有几多愁，恰似一江春水向东流**

李煜与小周后：只要有你，生命就变得清澈

089 / **伤心桥下春波绿，曾是惊鸿照影来**

陆游与唐琬：你一笑，我就醉了

106 / **帘卷西风，人比黄花瘦**

李清照与赵明诚：始于心动，止于心痛

128 / **此情可待成追忆，只是当时已惘然**

李商隐与宋华阳：灯火阑珊处，已空无一人

146 / **天长地久有时尽，此恨绵绵无绝期**

李隆基与杨玉环：舞一曲霓裳，倾尽天下

165 / **曾经沧海难为水，除却巫山不是云**

元稹与韦丛：用余生相思，还清她前半生

180 / **易求无价宝，难得有心郎**

鱼玄机与温庭筠：不忍辜负，却伤得最深

198 / **衣带渐宽终不悔，为伊消得人憔悴**

柳永与歌妓：花前月下，写烟花寂寞

213 / **留他无计，去便随他去**

柳如是与钱谦益：用尽一生，擦尽六根尘灰

226 / **人生若只如初见**

纳兰容若与卢氏：一宵冷雨，葬了一生喜悦

愿得一心人，白头不相离

卓文君与司马相如：遇你，与你，予你，余你

愿得到一个一心一意深爱自己的人，即便白发苍苍，依然不离不弃。这是一代才女卓文君在两千多年前许下的愿，人生兜兜转转，卓文君的愿望最终看似实现了，于是，后来的人们便喜欢借用卓文君的这句“愿得一心人，白头不相离”向心上人表白，殊不知，却用错了地方。

诗句的背后，是一段“狗血”的爱情故事。许多人说，才子与佳人的爱情，自然是一桩千古佳话。可是，当关掉浪漫滤镜，呈现在世人面前的“爱情故事”，往往夹杂着不堪。

“犬子”·佳人

“文景之治”下的汉朝，多年的休养生息政策让百姓终于能从繁重的赋税中缓过一口气。住在蜀郡临邛县的卓家，是文景之治最大的

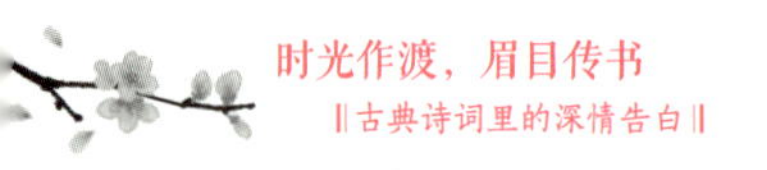

受益者之一。卓家是当地有名的冶铁世家，传到卓王孙这一代，因为社会安定，经济逐渐发展，再加上经营得法，卓家渐渐发展成当地巨富人家。

卓家当时的富贵程度，寻常人根本无法想象。据说，卓家拥有良田千顷，出行有高车驷马，住宅是华丽庭院，家中仆人近千人，各司其职，极有规矩。至于家中的金银珍宝，更是多得数不胜数。

身为卓家的女儿，卓文君从一出生便泡在蜜罐里。她天生姿容秀丽，又颇富才情。卓文君自幼饱读诗书，在音律方面又极具天赋，当地无人不知巨富卓家有一个才貌双全的女儿，多少豪门显贵都争相与卓家结亲。可惜，卓文君与夫家缘分太浅，年仅十七岁，便已丧夫守寡，回到娘家后，再不轻易踏出家门。于是，卓家的女儿，成了当地一个美丽的谜，人人皆想一探究竟。

一个“寡妇”的头衔，让那些曾经的爱慕者纷纷退却，纵然卓文君依然年轻貌美，却没有哪一户人家敢轻易提亲。就这样，卓文君的名字成了一个令人唏嘘的符号，人们每当提起，总免不了一番感叹。

或许，卓文君知道世人对自己的议论，但她总是沉默着，就连父母、兄弟都不知道她内心所想，更不知道已经嫁过一次的她，是否还渴望一段轰轰烈烈的爱情。

守寡在家的卓文君，一直过着心如止水的日子。日子并不难过，却也没有多少快乐。父母对卓文君依然像她未嫁时一般疼爱，可卓文君知道，自己已不是未嫁的女儿，光是顶在头上的“寡妇”头衔，就已经让她年轻的心开始荒芜。

当心情郁闷到极致，卓文君便会坐下来轻抚琴弦，空灵的琴音能稍稍舒缓她的心绪，她还不知道，一个能听懂她琴音的人，即将走进她的生命。

那个人便是司马相如，同样出生在蜀郡，老家在距离临邛县并不算遥远的成都县，是个落魄的穷小子。

司马相如小时候，父亲也曾经商，只是买卖远不如卓家的大，不过是个普通的小商人而已。或许，司马相如的父亲也不曾读过什么书，因为觉得贱名好养，便给儿子取名“犬子”。这便是司马相如最初的名字，直到长大以后，因为仰慕战国名相蔺相如，他才为自己更名“相如”，字“长卿”。

童年的司马相如，喜欢读书，也喜欢练剑，父母欣慰于儿子的聪颖与上进，却也为他天生的一处毛病感到忧心。

司马相如从会说话开始，便有严重的口吃，一句简单的话，他半天也表达不清楚。因此，他几乎没有朋友，也很少说话，只把书与剑当作朋友，却从不孤独。

父亲为司马相如专门请了一位先生，教他抚琴、舞剑，又另外聘请了一名先生，专门教他书法。日子就这样一点点充盈起来，小小的孩童也渐渐成长为翩翩少年。

司马相如比寻常少年更加专注，学一样东西，便要学精、学透。学习书法时，他常常整日练字，练字结束后，便把毛笔和砚台拿到家门口的池塘清洗，久而久之，一池绿水变成了墨黑色，这处池塘从此也被村民们戏称为“洗墨池”。

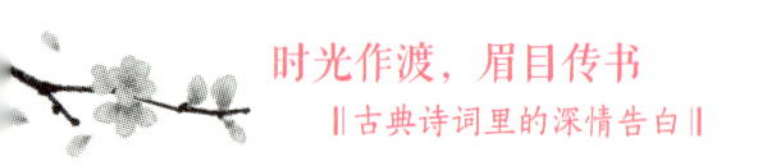

对于司马相如而言，读书绝不是为了解闷，也不只是为了明事理。那些名留青史的古圣先贤，为司马相如带来了榜样的力量，他渴望成为那样的人物，他读书的目标是踏上仕途。

一次偶然的机会，司马相如被选为汉景帝的武骑常侍。每逢皇帝游猎，司马相如便能随侍在游猎的队伍中。父亲以为，能在皇帝身边服侍，就离飞黄腾达不远了，可不被皇帝赏识的苦楚只有司马相如自己能够体会。

司马相如擅长诗歌辞赋，汉景帝却对这些丝毫不感兴趣。满腹才学派不上用场，这让初入仕途的司马相如无比失落。每一次跟随汉景帝出猎，司马相如都觉得是命运对自己的一次次捉弄。他鞍前马后地追随着汉景帝，汉景帝却根本不知道还有他这一号人物的存在，即便知道，也没有召见他的兴致。

直到此时，司马相如才发现，官场竟然如此无趣。他就这样浑浑噩噩地虚度着岁月，直到梁孝王刘武来朝，司马相如才终于觅得知音。

司马相如的文采深得梁孝王赏识，在梁孝王那里，司马相如结识了许多辞赋家，孤独的人生里终于出现了志同道合的伙伴，生活似乎终于有了些许滋味。

共同的志趣让司马相如与梁孝王越走越近。一次，司马相如得了重病，原本只需告假休养一段时日即可，然而司马相如忽然意识到，不若借此机会脱离朝廷，去梁孝王那里，与知己相伴，人生才痛快。

就这样，司马相如成了梁孝王门下众多宾客之一。所谓快意人生，说的便是司马相如在梁孝王府中生活的那段岁月。那是一段不知忧愁为何物的岁月，每日吟诗作赋，让司马相如的辞赋水平突飞猛进，王府里的锦衣玉食，不仅滋养着司马相如的身体，更滋养着他的精神。

梁孝王时常带着门客在园林中宴饮，每当兴之所至，便会提议让众人吟诗作赋助兴。司马相如的文采，总是众望所归。每一次轮到他吟诗作赋，那华丽的字句总能引来一片赞叹。一次，司马相如创作了一篇《子虚赋》，其辞藻之丰富，描写之工丽，令众人叹为观止，梁孝王也彻底被其文采征服，当即将一把绿绮琴赠予司马相如。那琴是梁孝王的珍爱之物，平时不轻易示人。此时挥手相赠，足以证明他对这篇文章以及对司马相如的欣赏。

光阴荏苒，转瞬便是十年。司马相如在梁孝王府上过了十年锦衣玉食的生活。可惜，知音不易得，安逸的人生也转瞬即逝。

随着梁孝王离世，司马相如的人生一下子跌落谷底。世人赏识他的才华，却并非人人都如梁孝王那般，既愿意、又有能力将有才之人留在府中好吃好喝地招待。司马相如的生活渐渐潦倒，他的那篇《子虚赋》虽轰动一时，却不被汉景帝放在眼里。

夜夜笙歌的日子从此一去不返，司马相如没有一官半职，又不懂得如何谋生，穷得家徒四壁，就连生计都成了问题。

当初司马相如投奔梁孝王，不能说他没有私心。初入长安时，司马相如曾在城北的升仙桥桥门首题字：“不乘高车驷马，不过汝下也。”他胸中自有抱负，成为武骑常侍也并非真的愿意陪皇帝打猎，只是希望通过这份官职多结识一些达官贵人。

梁孝王刘武与汉景帝刘启，是一母同胞的兄弟，他们的母亲是窦太后。七国之乱时，梁孝王曾率兵抵御吴楚联军，死守梁都睢阳，因此便等于守住了国都长安，功劳极大。如此盖世奇功，再加上窦太后的宠爱，梁孝王获得了最大、最富饶的一处封地。他地广兵强，在朝中影响力巨大。

七国之乱之前，汉景帝曾许诺要把皇位传给梁孝王。于是，许多名士纷纷投入梁孝王幕下，渴望抱住“未来皇帝”这棵大树。或许，当初司马相如也是这样打算的，因为得不到汉景帝的赏识，不如改投别主，为自己的人生押一份赌注。

然而，皇帝许诺皇位，哪能当真。汉景帝当初之所以将皇位许诺给梁孝王，只因七国之乱时，汉景帝自己独木难支，所以才用皇位拉拢亲弟弟为自己卖命。原本，汉景帝并不愿将最大、最富饶的封地赏赐给梁孝王，只因七王之乱平息后，梁孝王在朝中影响力如日中天，汉景帝才不得不以丰厚的赏赐来维持兄弟之间表面的和谐。

当汉景帝将儿子刘彻立为太子后，梁孝王十分不满，认为汉景帝背叛了自己的承诺。于是，一番明争暗斗在宫廷中上演。可惜，梁孝王最终斗不过汉景帝，又先汉景帝而死，汉景帝没有了心头大患，更不可能重用曾投入梁孝王幕下的人。

司马相如为自己的人生押错了赌注。梁孝王离世后，他无处安身，只得离开梁地，来到临邛，过着清贫的日子。

临邛县令王吉与司马相如交好，他邀请司马相如来都亭住下。虽有王吉的接济，司马相如的日子却并未有太多改善。

当人生走到谷底，似乎总能遇到转机。就在司马相如几乎对命运绝望的时候，一场美丽的邂逅，为他灰白色的人生增添了一抹亮丽的色彩。

一次，司马相如与王吉一同外出，偶然路过卓王孙的府邸。一曲悲凉婉转的琴音从卓府中飘出，司马相如懂琴，立刻被那忧郁的琴声吸引，驻足听了许久。琴声歇止后，司马相如忍不住向王吉打听这院中住的是何人。王吉将卓府的状况向司马相如一一告知，末了，还特意提到琴声主人是卓府守寡在家的女儿。司马相如的内心再也无法平静。

虽素未谋面，司马相却感觉自己找到了知音。夜深人静之时，他不禁在眼前勾勒卓家女儿的模样，虽未曾谋面，却仿佛已坠入情网。

当地巨富人家的女儿，自然不能轻易得见，更何况求见之人是司马相如这般连生计都难以维持的穷酸书生。想要谋得一份好前程，必须要在当地打开知名度。为此，王吉与司马相如商量出一条妙计。

从那一日开始，王吉便天天来到司马相如门前求见，司马相如却每次都是闭门不见。即便每天吃闭门羹，王吉还是做出一副恭敬的样子，每天准时来到司马相如门前求见。不久，临邛当地人人皆知，这里来了一个能让县令屈尊求见的人。人们不禁纷纷猜测，这人要么是来头不小，要么就是才华横溢。

王吉一连求见了许多天，司马相如才“屈尊”见了王吉一面，之后便称病不出，王吉却越发恭敬地每日坚持来求见。如此一来，众人更加确信，这人一定是个了不起的人物，司马相如的名字渐渐在临邛传开。

凤求凰

那个春日，正逢良辰吉时，临邛巨富卓王孙的府邸中即将举办一场宴会。那一日，卓府车马盈门，比从前的每一次宴会都更加热闹。每一个来赴宴的宾客，脸上都带着期待的神情，因为他们听说，今天的宴会不仅有县令大人大驾光临，更有一位让县令大人无比敬重的宾客出席。

因为县令王吉的推崇，司马相如的名字在临邛已尽人皆知。几位富商都想与司马相如结交，众人商量之后，决定由卓王孙举办宴席，邀请县令赴宴，顺带将司马相如一并请来。

当县令王吉来到卓家，赴宴的宾客已多达百余人。然而，直到中午即将开席的时候，司马相如依然没有露面。王吉派人去请，得到的回复却是司马相如生病，不肯出门。

司马相如不来，县令王吉不敢进食，众人自然也不敢开席。王吉索性亲自登门去请，司马相如碍于王吉的面子，这才勉强来到卓家。

这自然是王吉与司马相如早就商量好的安排，若想让司马相如一朝成名，当然要将姿态做足。姗姗来迟的司马相如一出现，翩翩风采立刻惊艳了众人。他仪表堂堂，沉静典雅，甚为大方，众人争相向他敬酒，酒兴正浓时，王吉带着一把琴走到司马相如面前，说道：“我听说长卿擅长音律，尤擅抚琴，希望聆听一曲，以助欢乐。”

司马相如自谦地推辞了一番，王吉再次恳请，司马相如这才坐到琴旁，娴熟地弹奏一曲《凤求凰》，其词云：

有美人兮，见之不忘，一日不见兮，思之如狂。凤飞翱翔兮，四海求凰。无奈佳人兮，不在东墙。将琴代语兮，聊写衷肠。何日见许兮，慰我彷徨。愿言配德兮，携手相将。不得于飞兮，使我沦亡……

那个美妙的夜晚，一袭白衣的司马相如，用一曲《凤求凰》，引来了生命中的姻缘。卓文君早就听闻过司马相如的名字，众人皆说，他是“蜀中第一才子”，卓文君一直盼望有机会一睹他的风采。当那俊逸的身姿伴随着曼妙的琴音出现在卓文君的视线里，那颗干涸已久的芳心，终于重新被唤醒。

司马相如抚琴时，卓文君一直躲在门后，透过门缝偷偷欣赏他的风采。她为能见到这样风度翩翩的男子而满心欢喜，却又暗自担心自己嫁过人配不上他。卓文君知道，《凤求凰》本就是一首求爱之曲，然而她不知道的是，司马相如之所以弹奏这首曲子，就是因为渴望一睹她的芳容，他在通过这样一首曲子诱发她的爱慕之情。

卓文君听懂了他的琴音，那段缠绵旖旎的旋律，已让她芳心暗许。几百年后，唐代诗人李商隐在诗中写道：“锦瑟无端五十弦，一弦一柱思华年。”用在此时，似乎也恰当不过。

那一日宴席结束之后，司马相如特意以重金厚赏了卓文君的侍

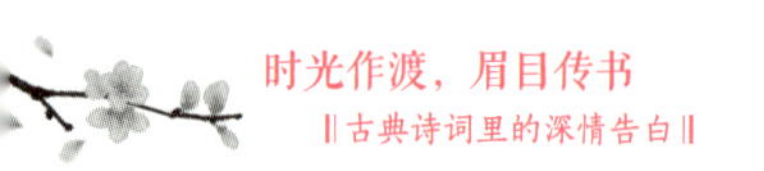

者。或许在那些赏赐之物中，还夹带着某些向卓文君表达爱意的物件。这一举动终于让卓文君相信，司马相如是喜欢自己的。

于是，在那个夜晚，卓文君甘愿背叛全世界，趁着夜色与司马相如偷偷离开了家乡。女子与男子私订终身，离家出走，说得好听，是为了爱情不顾一切，说得不好听，便是私奔。得知女儿与司马相如私奔，卓王孙在家中气得跳脚，大怒道：“女儿极不成材，我不忍心伤害她，但也不分给她一文钱。”

带着为爱情奋不顾身的孤勇，卓文君大胆地挣脱了世俗的藩篱。她随着司马相如来到了他的故乡成都。推开他家门的那一刻，一度满怀浪漫激情的卓文君，兜头被泼下了一盆凉水。

贫穷的司马相如，家中空无一物，只有四面墙壁立在那里。深情过后，现实的生计问题终于摆在眼前。

原本，司马相如也出身商人之家，家世并不算贫寒。在长安做官时，司马相如只有微薄的俸禄，辞官去往梁孝王处之后，司马相如的父母相继离世，家道也渐渐中落。司马相如本人，除了读书、写作，别无所长。即便是像此时这般家徒四壁，他依然不顾生计，整日只知吟诵诗文，弹琴自娱。

卓文君从家中出逃的时候，也带了一些值钱的东西，但两个人没有收入，纵然家财万贯，也总有花完的一天，更何况卓文君带来的那一点点私房钱，没过多久便见了底。

思量了许久，卓文君终于和司马相如商量，不如拉下脸返回临邛，哪怕是向卓文君的兄弟们借贷度日，生活也不至于像如今这般困苦。司马相如并未推辞，很快便随卓文君回到临邛。此时，卓文君从娘家带来的值钱之物，只剩下一辆华丽的车马，他们将其卖掉，用换来的钱买下一家酒馆，做起了卖酒生意。

昔日的富家千金卓文君，就这样成了一名当垆卖酒的民妇。司马相如自己则穿上犊鼻裈，与伙计们一同操持忙活，在闹市中洗涤酒器。

不知卓文君这样做，是否有和父亲置气的原因。卓王孙听说自己的女儿在临邛街头当垆卖酒，觉得十分羞耻，甚至因此闭门不出。族中长辈和家中的兄弟纷纷劝说卓王孙道："你有一个儿子两个女儿，家中所缺少的不是钱财。如今，文君已经成了司马长卿的妻子，况且他又是县令的贵客，为什么偏偏让他们受这样的委屈？"

父亲终究还是疼爱女儿，即便生气，也不忍心真的让女儿过苦日子。卓王孙妥协了，他将家奴百人、钱一百万分给卓文君，又将给她出嫁用的衣服、被褥以及各种财物一并送上，在卓王孙心里，这门婚事纵然万般不如其意，也只得勉强使之名正言顺。

有了如此丰厚的嫁妆，司马相如与卓文君再也无须经营这样辛苦的生意。他们卖掉了酒馆，回到成都，买了田地房屋，从昔日的家徒四壁之户，变成当地首屈一指的富有人家。

君生两意

有了金钱的加持，日子仿佛又变回了浪漫的模样。卓文君对司马相如的爱很执着，丈夫穷困潦倒时，她不离不弃，相帮相扶。原本，这样执着的爱应该获得司马相如的尊重，可是后来的故事告诉我们，事实并非如此。

司马相如与卓文君回到成都后不久，汉景帝驾崩，汉武帝刘彻即位。当年，司马相如一篇《子虚赋》没能打动汉景帝，却让汉武帝如获至宝。汉武帝读到这篇文章，以为是古人之作，甚至为自己没能与作者同时代而遗憾叹息。

当时，为汉武帝主管猎犬的狗监杨得意是蜀人，他告诉汉武帝，这篇文章是自己的同乡司马相如所作。汉武帝惊喜不已，立刻召司马相如进京。

司马相如对汉武帝表示，《子虚赋》不过是写诸侯打猎的事，算不得什么。说罢，便又作了一篇天子打猎的赋，名为《上林赋》。《上林赋》不仅与《子虚赋》内容衔接，且更有文采。这篇辞赋气势恢宏、辞藻华丽，将汉武帝狩猎时的威武身姿描绘得淋漓尽致。汉武帝读后龙颜大悦，司马相如也因为《上林赋》被封为郎官。

相传，汉武帝将陈皇后打入长门宫后，陈皇后日夜愁闷悲苦，听说司马相如是天下写文章的妙手，便向司马相如奉上百斤黄金，请他写下《长门赋》来打动汉武帝，终于又得亲幸。

传闻不知真假，但司马相如的文采是真。司马相如创作辞赋，极具审美，看似只言片语，却处处透露出自己的主张，他笔下的辞赋，斑斓多姿，极具艺术风貌，具有经久不衰的魅力。

家徒四壁的日子，终于成为过去。司马相如曾以为自己在仕途上再无建树，不承想老天竟如此慷慨，在柳暗花明之处给予他再一次绽放才华的机遇。甜蜜的婚姻生活虽珍贵，却似乎并不值得留恋。司马相如就那样踌躇满志地奔赴灿烂的仕途，只留卓文君独自一人在他身后默默守望。

如今的司马相如，早已不是初入仕途时那个懵懂少年。他学会了圆滑，懂得了世故。前后两个皇帝态度的巨大反差，让司马相如意识到，唯有掌握皇帝的喜好，并不遗余力地投其所好，才能让自己的仕途走得顺遂。于是，揣摩汉武帝的喜好，成了司马相如在官场中最重要的一项使命。这番功夫没有白费，汉武帝果然越来越器重他。

司马相如担任郎官数年后，便接到了一项出使巴蜀安抚百姓的任务。当时，汉武帝派武将唐蒙在西南地区的夜郎西僰一带修路，然而，唐蒙征发兵役的手段过于激进，导致巴蜀百姓怨声载道。汉武帝得知后，立刻派司马相如前去挽回局面。

司马相如的文采，便是他襄助皇帝的利器。抵达巴蜀后，司马相如立刻撰写发布了一篇《喻巴蜀檄》，用文字的力量平息了一场混乱。不久之后，司马相如再次被派往西南，成功笼络西夷地区少数民族的首领。

接连两次出使西南，安抚巴蜀、结交西夷，司马相如功不可没。他的背后，少不了卓文君的出谋划策。世人皆知，司马相如的背后有一位才貌双全的佳人，可深受皇帝器重的司马相如，似乎却并不珍惜自己已经拥有的一切。

岁月似乎不肯轻易善待任何一个美人，纵然如卓文君那般姿容秀丽的女子，依然难逃日渐老去的宿命。不再年轻的她，在另一个更加年轻貌美的女子面前落了下风。司马相如爱上了后者，不知他们如何相识，只知道司马相如爱得炽烈，执意要纳那名女子为妾。

卓文君能清楚感受到丈夫对自己的冷漠，仿佛昔日的万般温情从不存在。据说，她怀着满心伤痛写下一首诗，希望司马相如能珍惜这段来之不易的夫妻缘分：

白头吟

皑如山上雪，皎若云间月。

闻君有两意，故来相决绝。

今日斗酒会，明旦沟水头。

躞蹀御沟上，沟水东西流。

凄凄复凄凄，嫁娶不须啼。

愿得一心人，白头不相离。

竹竿何袅袅，鱼尾何簁簁。

男儿重意气，何用钱刀为！

然而，曾经患难与共、情深意笃的日子，早已被司马相如忘却。或许，是他根本就不愿记起，更不愿想起千里之外还有一位日夜思念自己的妻子。既然郎君无意，不如与君长诀。据说，卓文君又写下一封《与相如书》：

群华竞芳，五色凌素。琴尚在御，而新声代故。锦水有鸳，汉宫有木。彼木而亲，嗟世之人兮，瞀于淫而不悟。朱弦啮，明镜缺。朝露晞，芳弦歇。白头吟，伤离别，努力加餐毋念妾。锦水汤汤，与君长诀。

卓文君将《与相如书》寄给司马相如，她希望丈夫知道，自己本愿意给这段来之不易的婚姻一次机会，但若司马相如不愿珍惜，那卓文君也不会无底线地忍让，宁愿挥剑斩断情丝，一别两宽，各自欢喜。

直到看到那封《与相如书》，司马相如才终于如梦初醒。他终于回想起，身为豪门之女的卓文君，是如何奋不顾身地投入这段前途未卜的婚姻；又是如何放下大小姐的身段，甘愿沦为当垆卖酒的妇人；更是如何在丈夫身后出谋划策，成为家中的贤内助、“女诸葛”。若没有卓文君所做的一切，如今的司马相如又会身在何处？

司马相如内心的一点良知，让他做出了正确的选择。繁华世界里，再不可能有另一个女子像卓文君这般，与他相伴于微时，不离不弃。于是，他回到了卓文君身边，愿与她携手重拾往日温存。

有人说，司马相如并非真的回心转意，只是此时他在朝中已经颇有名气，害怕被人说三道四，因为一个无关紧要女子毁掉自己已经得到的一切。

无论如何，司马相如最终回到了卓文君身边。他将卓文君接来长安居住，他们又重新变回了那对令人艳羡的“神仙眷侣”。可是，感情中若有了深深的裂痕，一切真的还能回到从前吗？

此后，司马相如的仕途算不上顺遂。因被人告发收受贿赂，司马相如被免官。几年后，他被重新启用，仍为郎官。元狩五年（公元前118年），司马相如因病辞官。那时，他已病得厉害，汉武帝派所忠前往司马相如的居所，打算将他所著的书全部取回来，担心司马相如死后，这些书全部散失掉。

当所忠来到司马相如居所，司马相如已经死去，家中竟然没有书。卓文君对所忠说："长卿本来不曾有书。他时时写书，别人就时时取走，因而家中总是空空的。长卿还没死的时候，写过一卷书，他说如有使者来取书，就把它献上，再没有别的书了。"

那卷仅存的书，写的是有关封禅的事情，所忠将书带回皇宫，献给汉武帝，汉武帝观后大为惊异。

司马相如与卓文君的故事就此终结，他们也为后人留下了一个谜：破了的镜子，是否还能重圆？那镜上的裂痕，即便修复，是否真的能让人视若无睹？

十年生死两茫茫，不思量，自难忘

苏轼与王弗：旷世温柔，至死方休

在最美好的年华，遇见一个对的人，彼此相伴，走过人生最美好的时光，成为彼此心中那个永远忘不了的人，这便是连生死都无法阻隔的爱情。死亡并不可怕，真正可怕的是被遗忘。当深爱之人永远离去，若他或她就住在你的心里，死亡，也不过就是一场虽漫长，却终能团聚的分别而已。

男女之爱，夫妻之情，一直都是被文人青睐且经久不衰的题材。在浩如烟海的古诗词中，有一类诗词，被称为“悼亡诗词”。晋代潘岳在其妻死后，创作了三首《悼亡诗》，在此之前，悼亡本是指追念死者；在此之后，“悼亡”一词，便成了“悼念亡妻”的代名词。

北宋苏轼在三十九岁时写了一首悼亡词，字字泪，句句血，流传千年无人超越。这首词，是他写给已逝爱妻王弗的悼念之词，词中的缠绵情意与泣血悲伤，让人好奇，能让一代文豪念念不忘的，究竟是怎样一个女子。

无爱不成婚

苏轼与王弗的故事，还要从苏八娘的离世开始说起。

在杜撰的历史中，苏轼有个妹妹，叫苏小妹。而真实的历史中，苏轼只有一个姐姐，名叫八娘。

八娘比苏轼年长一岁，生来美貌，又无比聪慧，从小到大，都被父母视若掌上明珠。八娘与两个弟弟一起读书、学习，不仅博览群书，且才学出众，就连父亲苏洵都曾写道："女幼而好学，慷慨有过人之节，为文亦往往有可喜。"

由此可见，八娘从幼时便聪明好学，有寻常女子所不具备的才学与志气，与两位弟弟一同读书习文时，总能写出一些令父亲欣喜的文章。

可惜，这样一个容貌与才华并重的女子，却偏偏遭遇最不幸的婚姻，甚至没能拥有完整的人生。

皇祐二年（公元1050年），苏八娘的舅舅程濬为子登门提亲。当时的民风，推崇与娘家联姻，以求亲上加亲之好。苏洵虽有些不情愿，无奈民风如此，只得应允了这门婚事。

十六岁的苏八娘，在家人的安排下，嫁给了表哥程志才。出嫁之后，苏八娘没有过过一天顺遂的日子。古时大凡女子出嫁，父母总要提醒女儿，在婆家不能像在娘家那般自在、任性。苏八娘知道，公婆必然不会像父母一般包容自己，却没想到，自己婚后生活的悲惨程度，远超想象。

在婆家，苏八娘没有感受过丈夫和公婆的疼爱，反而动辄遭受打骂。婚后一年，苏八娘产下一子，在婆家的境遇却丝毫没有好转。苏八娘产后抑郁成疾，婆家却不予医治，苏洵索性把女儿接回娘家来养病。

谁知，病情稍有好转，婆家又找上门来，指责苏八娘身为儿媳，不回家孝顺公婆，只知在娘家享受，甚至强行把刚出生的孩子抢走。如此一番羞辱，苏八娘刚刚好转的身体再也支撑不住，很快撒手人寰。

被父母视若珍宝的女儿，年仅十八岁便撒手人寰。悲痛欲绝的苏家从此与程家绝交，多年以后，苏轼与程志才同朝为官，却形同陌路。

苏八娘遭婆家虐待而死后，苏洵久久未从丧女之痛中走出来。八年后，苏洵依然怨气难平，于是写下一首诗追忆爱女：

自尤（节选）

惨然谓我子无恨，此罪在子何尤人。虎跑牛触不足怪，当自为计免见吞。

深居高堂闭重键，牛虎岂解逾墙垣。登山入泽不自爱，安可侥幸遭骐驎。

明珠美玉本无价，弃置沟上多缁磷。置之失地自当尔，既尔何咎荆与榛。

嗟哉此事余有罪，当使天下重结婚。

女儿的死，带给苏洵的伤痛是巨大的。苏洵对程家的恨也持续了很多年。写下这首《自尤》之前，苏洵编了一个家谱，刻在石头上，

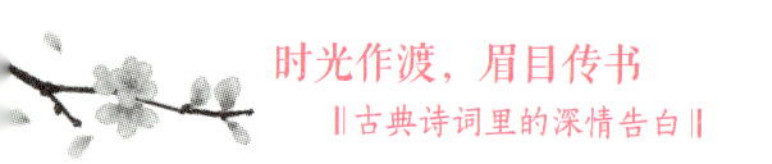

又在石头上建了座亭子。当亭子落成的时候，苏洵请来全族，用最恶毒的语言咒骂程家，说他家“实乃三十里之大盗也”。

这首诗中，苏洵详细讲述了女儿从出嫁到惨死的过程。他怨恨自己为什么把女儿嫁给那样丧尽天良的人家，那出自肺腑的懊悔和自责，那深深的锥心之痛，让人为之潸然。

正是因为痛失爱女，苏洵决定再不逼迫儿子与不爱的人成婚。姐姐苏八娘，用自己的生命为代价，换来了两个弟弟的婚姻自由。

唤鱼姻缘

那一年，十八岁的苏轼被父母送到位于四川眉州青神县岷江之畔的中岩山，那里有一处中岩书院，在此执教的，是乡贡进士王方。

中岩山风景秀丽，山水如画。在距离中岩书院不远的中岩寺下，有一处由山泉汇集而成的清池。相传这处清池是“慈姥龙”所居之宅，从表面看去，池水清澈，形状宛如半轮明月。

每逢春日，王方总会带书院的学子们来此处踏青赏玩。这处池水，虽看上去与普通的池水并无不同，却莫名地有一种动静相宜之妙。尤其是当有人在岸边驻足击掌，池底下便会瞬间涌出无数鱼儿。它们摇头摆尾，争相跃出水面，仿佛准备凌空翱翔一般，甚为壮观。

苏轼惊叹之余，又觉得有些美中不足，所谓“好水不能无鱼”，那么有了鱼的好水美景，也应当有美名来配它。

恰好，王方邀请县内名士文人，以及书院内众学子为这池水命名。有人为其取名“戏鱼池”，有人取名“观鱼塘”，有人说“藏鱼池”更好，还有说“跳鱼池”更佳。

王方听罢频频摇头，显然，这几个名字都没能令他满意。苏轼觉得，这池中之鱼，唤之即来，颇有灵性，于是提笔写下“唤鱼池”三个字。此名一出，立刻博得满堂喝彩，王方也为苏轼的文采和巧思赞叹不已。“唤鱼”二字，既新颖，又将池中之鱼的特点描绘得活灵活现。

恰在此时，住在岷江对岸“瑞草桥”家中的王弗听说众人要为池水命名，便将自己想好的名字写在锦帕上，让丫鬟送到池边。王方拆开锦帕，看到“唤鱼池”三字，不禁喜笑颜开。

王弗便是王方的女儿，看到女儿为池水取的名字与自己最得意的门生所取的名字不谋而合，王方先是略有惊讶，之后竟有些欣慰。他隐隐觉得，如此心有灵犀的两个人，或许是天作之合。

早在苏轼来中岩学院读书之前，家人便为他订好了一门婚事。那女子是雅州太守雷简夫的女儿，因为姻亲关系，雷简夫还曾把苏轼、苏辙兄弟二人一起接到雅州读书。然而，苏轼到雅州之后不久，便发现雷简夫为官不正，有许多贪赃枉法之举。

苏轼向来内心清高，又极具正义感，他开始对这门亲事感到抗拒，不愿认雷简夫这样贪赃枉法的官员做自己的岳丈。

为了拒绝这门婚事，苏轼还曾躲入山林寺庙中逃婚。苏洵得知后，带着家中族人到处寻找，企图把苏轼捉回来，逼他就范。

然而，几乎是在苏轼逃婚的同时，苏八娘遭婆家虐待而死，痛失

爱女的苏洵幡然醒悟，再也不愿逼迫儿子娶自己不爱的人，并亲笔向雷家写下了退婚书。

苏轼与王弗之间奇妙的默契，注定了两人会有一段美妙的缘分。王弗眼中的苏轼，是英气勃勃的青年才俊；苏轼眼中的王弗，双眸如星，带着少女的娇态，粉面含羞，自有一种淡墨染不出的风情。

一场邂逅，注定了一段缘分的开启。

那日为“唤鱼池”命名后不久，苏轼与同窗一同到王方家为恩师祝寿。苏轼向来生性豪放，因为多饮了几杯，醉倒在老师家中。睡到半夜起来，苏轼发现同窗们都已返回书院，便独自起身，到翠竹掩映的后院踱步醒酒。

当时，王弗正临窗梳头，美丽的剪影倒映在窗纸上，苏轼不禁情愫暗生。他知道王弗最喜欢的花是飞来凤，自己从书院来之前，特意从山中折下一簇飞来凤花，妥帖地放在怀中。他轻轻地将花从窗子投进去，王弗先是一惊，继而心跳不已，将那簇浓香阵阵的花束贴在胸前，这世间仿佛再没有什么比自己喜欢的人也喜欢自己更令人欢喜了。

所谓父母之命、媒妁之言，在苏轼与王弗的婚事中不过是走个过场。他们因爱而结缘，在双方父母的撮合下，终于结成夫妻。

今日，在眉山市青神县，唤鱼池依然还在原处，池水波澜不惊，不疾不徐地为后人讲述着苏轼与王弗那段浪漫的故事。苏轼与王弗依偎在一起的塑像，就立在池边，据说，旁边崖壁上苍劲有力的“唤鱼池”三个字，正是当年苏轼亲笔所书。

郎情妾意，一眼便情定今生。一段“唤鱼联姻”，成为千古佳话。那一年，苏轼十八岁，王弗十六岁，才子佳人，佳偶天成，永结秦晋之好，令人称羡。

苏轼后来这样形容王弗：“君之未嫁，事父母；既嫁，事吾先君先夫人，皆以谨肃闻。”

待字闺中时，王弗侍奉双亲无微不至；嫁给苏轼后，她又视公婆为父母，孝顺备至，从未有丝毫懈怠。王弗的贤惠以及严谨持家的态度，在当时远近闻名。

从苏轼对王弗的评价中可以看出，王弗与苏母相处得极为融洽。由此可知，她不止贤惠，更懂得如何与人相处，如何哄公婆开心，这一点，实属难得。

良辰美景，天作之合，新婚当夜，苏轼便创作了一首词送给王弗：

南乡子·集句

寒玉细凝肤。清歌一曲倒金壶。冶叶倡条遍相识，净如。豆蔻花梢二月初。　　年少即须臾。芳时偷得醉工夫。罗帐细垂银烛背，欢娱。豁得平生俊气无。

其实，说是创作，不如说是“借鉴”。从词名中便可看出，苏轼的这首词，是集众家之所长，几乎每一句，都出自先人名家手笔，但经过苏轼的整合，这些原本意境截然不同的句子组合在一起，顿时又成了一首令人耳目一新的新词。

彼时，他正年少，她正“豆蔻”。苏轼眼中的娇妻，有寒玉般清秀之容，肤若凝脂，洁白柔润。新婚之夜，她为他清歌一曲《倒金壶》，歌喉婉转轻柔，只唱了两句，便令苏轼倾倒，如醉如痴。

伴着歌声，王弗轻动腰肢，虽算不上舞蹈，却已足够动人。她身段婀娜多姿，无论是舞姿、歌声，还是容貌、眼神，都是那样纯净、活泼。正值豆蔻年华的少女，一切都是那样美好。此时此刻，苏轼甚至有些感谢自己，若不是当年有勇气逃婚，退了雷家的亲事，哪能拥有如此美满的姻缘？

婚后的生活，自然是琴瑟和鸣，伉俪情深。苏轼生性豪放，喜欢热闹；王弗性子沉静，又很理性。她婚后只是妥帖地侍奉公婆，将一个小家经营得有声有色，从不对别人的事指手画脚。苏轼原本以为，王弗只是个贤惠的女子，却从不知道，王弗自幼饱读诗书，才学丝毫不逊色于男子，只是，王弗从未主动向苏轼提起这些事。

为了准备进士考试，苏轼整天手不释卷，常常苦读到深夜，王弗则一直陪伴在侧，为苏轼研墨，照顾他的饮食，无论苏轼读书到多晚，她都不肯提早睡去。

起初，苏轼只是以为妻子乖巧懂事，有她陪伴能缓解些许读书的苦闷。他从不奢求妻子能陪自己吟诗作对，她有耐心陪着自己读书到深夜，听自己念那些晦涩难懂的诗文，苏轼便已经很满足了。

直到有一日，苏轼背书时，背出上一句，却无论如何也想不起下一句，正在冥思苦想时，王弗在一旁笑语盈盈地接上下半句，给苏轼提醒。苏轼赶忙翻开书查看，发现王弗提醒的内容竟然和书中一字不差。

苏轼惊讶之余，并相信妻子是真的知道书中的内容。他以为，王弗只是在自己背书时碰巧记下了这句话，王弗却莞尔一笑，让苏轼用书中的内容考她。苏轼连续出了几句，王弗全部只字不漏地接了下来。

妻子是一位深藏不露的才女，这是苏轼万万没想到的事情，从此，他对王弗刮目相看。王弗对于苏轼，又多了一个身份。她不再只是妻子，更是苏轼最亲密的朋友和知己。

宋仁宗嘉祐二年（公元1057年），苏轼参加科举，以一篇《刑赏忠厚之至论》得到考官梅尧臣的赏识，并将其推荐给主试官欧阳修。欧阳修对这篇文章亦十分赞赏，本想将其拔擢为第一名，但又觉得文风与自己的学生曾巩很像。欧阳修为了避嫌，将其列为第二。直到试卷拆封之后，他才发现该文为苏轼所作。

在《刑赏忠厚之至论》中，苏轼写道：尧帝时期，执法官皋陶想要判一人死刑，向尧帝申请时却遭否决。皋陶认为此人罪大恶极，便又申请一次，结果又遭否决。如此申请三次，被尧帝否决了三次。

欧阳修在阅卷时，无论如何也想不到这一典故的出处。转念一想，能写出如此精彩文章的考生，定不会出错，不能因为自己不知道的典故便否定别人。

发榜后，苏轼去拜谢考官，欧阳修还特地问起这个典故的来历。不承想，苏轼坦诚，说此典是自己杜撰的。欧阳修听罢不仅没有责

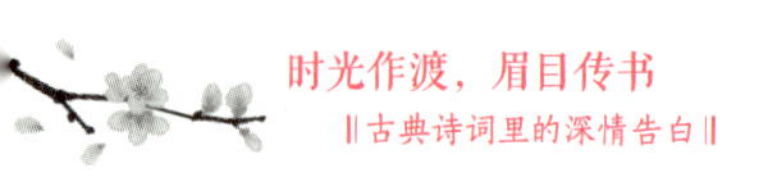

怪，反而哈哈大笑，赞赏苏轼的直率以及活学活用。从那一刻起，欧阳修便预见了苏轼的将来："此人可谓善读书，善用书，他日文章必独步天下。"

到了复试时，苏轼再以《春秋》对义取为第一。嘉祐六年（公元1061年），苏轼应制举，由皇帝亲自主持考试，苏轼位列第三等，弟弟苏辙位列第四等。当时，宋仁宗读了苏轼兄弟的制策试论，大喜过望，说道："吾今为子孙得太平宰相两人。"

初入仕途，苏轼所取得的每一点进步，似乎都离不开王弗这位贤内助。

二十五岁的苏轼在通过制举考试后被任命为大理评事、签书凤翔府判官。这是苏轼进入仕途后的第一份正式官职，他自然用心对待，想不到，比他更用心的人，是妻子王弗。

苏轼不谙官场之道，经常吃亏。每每回家，王弗都会仔细地将苏轼"盘问"一番，她不仅询问苏轼的公事细节，还会给出建议，更时常叮嘱苏轼："你在此处人生地不熟，凡事要小心，不可锋芒太露。"

王弗眼中的苏轼，更像一个长不大的孩子，让她时刻关怀，时刻惦念。正是因为有了王弗这个贤内助，苏轼才避开了诸多陷阱。

刚受封官职的苏轼，多少有些志得意满，开始寻仙问道，时常去道观与道士交谈，又去寺院拜佛求经，日渐着迷。王弗见状，立刻劝诫苏轼："大丈夫当以读书为重，不可因此荒废学业仕途。"

有些阿谀奉承之人摸准了苏轼的喜好，在苏轼的院子里放置"仙罐"。天真的苏轼以为是仙人指点，赐给他长生不老药，便打算一探究竟。王弗刚好瞧见，上前规劝道：“婆婆若在，必不取之。”听到此言，苏轼羞愧难当，从此收敛起求仙问道的念头，专心做官。

与苏轼共同生活的这几年里，王弗深知，自己的夫君虽才华横溢，性格却豪放单纯，对朋友十分重视，无论与谁，不分好坏，均与之为善，总喜欢无话不谈。苏轼也曾这样形容自己：“上可陪玉皇大帝，下可陪卑田院乞儿，眼前见天下无一个不好人。”

在官场中，若缺少心机，很容易便会遭人利用、陷害。王弗深深替自己的夫君担心，生怕一不留神，就会让苏轼的仕途甚至整个家庭遭受难以预料的后果。因此，她对与苏轼结交的人格外留心。

苏轼才名远播，主动上门前来结交的人很多，同僚、下属也时常来拜访。每当苏轼与客人侃侃而谈时，王弗便躲在屏风后面，听他们的谈话。

王弗性格沉稳，看人眼光独到。她总能从对方的言谈举止中，判断出此人到底是一个可以推心置腹的挚友，还是一个见利忘义、阴险狡诈的伪君子。这便是民间流传王弗“幕后听言”的故事。

有一个名叫章惇的人，在苏轼未发迹时便时常来拜访。一次，章惇走后，王弗对苏轼说：“此人说话首鼠两端，毫无主见，只是随着你说的话一味迎合、奉承，这样的人，必是那种阴险奸恶之人，你还是远离为好。”

在苏轼的认知里，世间仿佛没有坏人。对于王弗的劝诫，他起初只是一笑而过，并未太当回事。

后来，正如王弗所言，章惇在得势后，不仅阴险狡诈，且手段残忍，许多人都遭受了他的打击。就连一向不愿防备他人的苏轼都说："此生就是做鬼都不愿意再遇到像章惇这样的人。"他感慨道："还是王弗看得准。"

只可惜，当苏轼说出这番话时，王弗已经离开了这个世界。

无处话凄凉

治平二年（公元1065年），苏轼被召还京，任判登闻鼓院。回京不久，王弗便扔下年方六岁的儿子苏迈，以及未及而立之年的夫君，撒手人寰，病逝于京师，年仅二十七岁。

苏轼对发妻王弗又爱又敬，王弗的红颜早逝，便成了苏轼毕生无法弥合的痛，时而发作，撕心裂肺。

王弗与苏轼相伴十一载，这段岁月，对于苏轼来说是人生最美好的时光，就连苏洵都将王弗当作自己的亲女儿，王弗死后，苏洵嘱托苏轼："你妻子不易，千万不要忘记她，应该把她葬在你母亲旁边。"

王弗的死，让苏轼没有一丝准备。他悲痛欲绝地将爱妻葬于眉州老家母亲的坟墓旁边，将自己对王弗无法割舍的爱与依赖，全都融进了那段深情的墓志铭中。

在苏轼心中，王弗是"最贤的妻，最才的女"。他们的爱情始于年少，那样真挚与纯粹。结发夫妻之情，终究无法替代。王弗死后，苏轼好不容易才找回昔日的乐观与豁达，然而只要一思念王弗，便又悲从中来，心如刀绞，不能自已。

或许，命运早已为苏轼安排好起起伏伏的一生，且不忍看见王弗这样一个美好的女子跟着苏轼一同遭受漂泊之痛。于是，上天让王弗早早离开这个世界，让她短暂的人生里，只留下最美好的幸福时光。

就在王弗离世后第二年，苏洵病逝。接连的生离死别，让苏轼淹没于哀痛中，无法自拔。他与弟弟苏辙一同扶柩还乡，为父亲守孝三年。三年之后，当苏轼还朝，震动朝野的王安石变法已经开始。

苏轼的许多师友，包括当初赏识他的欧阳修在内，皆反对新法，与王安石政见不合，被迫离京。朝野上下，风雨飘零，苏轼眼中所见，已不是他二十岁时见到的那个和平的朝堂。

他并非完全反对变法，只是希望能放慢节奏。可惜，变法如同脱缰的野马，根本不受控制，尤其是在宋神宗的支持下，变法根本无法停下来。

熙宁四年（公元1071年），是王弗离开的第七个年头。苏轼自熙宁二年（公元1069年）起一直上书谈论新法的弊病，让王安石颇感愤怒，便让御史谢景温在宋神宗面前弹劾苏轼的过失。苏轼终于看出，这个朝堂上已没有他的容身之地，主动请求出京任职。

于是，苏轼再次上路，杭州、密州、徐州……只是身边再也没有了王弗。

若王弗这位贤内助依然在世，或许苏轼的仕途也会顺遂许多。自从王弗死后，苏轼的人生波澜曲折，所谓“宦海沉浮”，不过如此。

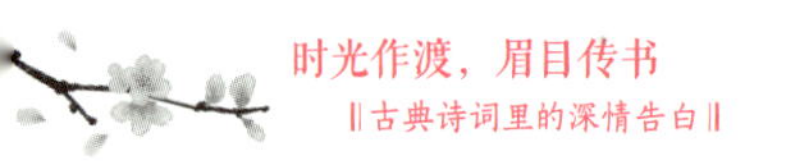

熙宁八年（公元1075年），苏轼在密州任知州。正月二十日，元宵佳节刚过不久，满城上下还弥漫着新年的氛围，苏轼却根本享受不到与家人团聚的温暖。

在那个孤独寂寞的冷夜里，正处于颠沛流离中的苏轼，身边再没有懂他的人。那一夜，他思绪万千，好不容易入睡，便做了一个特别长的梦。

梦里，他回到了做官之前的岁月，与父亲和弟弟一起乘坐着小船，顺流而下，走出眉山，打算赶赴一段绚烂的前程。他回首看层峦叠嶂，曾发誓要出人头地，让家中的母亲和妻子过上好日子。

转头的瞬间，父亲、母亲、妻子的身影却越来越模糊。苏轼在梦中都能清晰感受到那份惊恐。他伸手去抓他们，却什么也抓不住，只能眼睁睁地看着他们的身影越来越淡，直至消失。

朝堂上的混乱纷争，出现在耳畔，苏轼看不清眼前的场景，心里却清晰地知道，那朝堂上正在发生什么。

他在梦中转身离去，多希望在困顿之时，有个人能陪自己说说真心话，好让自己不那么孤单。

就在此时，王弗的身影又逐渐清晰。仿佛转瞬之间，便换了一个场景。苏轼用力揉了揉双眼，终于认出那是眉山老家的宅院，王弗正坐在妆台前，画眉、涂唇。苏轼就那样贪婪地看着妻子的一举一动，生怕一眨眼睛，她的身影就再次消失不见。

梦中的王弗，终于梳妆完毕。她轻轻转过头来，与苏轼对视。她的眼神那样温柔，又夹杂着一丝不舍与心疼。苏轼与王弗相顾无言，不知不觉，已泪湿衣襟。

苏轼想要说些什么，喉咙却仿佛被什么东西卡住，发不出任何声音。他徒劳地挣扎着，终于从梦中惊醒。眼前依然是密州居所的陈设，王弗温柔的眼神化作了屋内的一道月光。

天色依然未明，枕头已被泪水打湿。苏轼再也睡不着，他披衣起身，望向天上的明月，仿佛能从那里看到那个日思夜想的身影。

梦醒之后，苏轼再也抑制不住对王弗的思念，铺纸研墨，为妻子写下一首悼亡词：

江城子·乙卯正月二十日夜记梦

十年生死两茫茫。不思量，自难忘。千里孤坟，无处话凄凉。纵使相逢应不识，尘满面，鬓如霜。　　夜来幽梦忽还乡。小轩窗，正梳妆。相顾无言，惟有泪千行。料得年年断肠处，明月夜，短松冈。

恩爱夫妻，一朝永诀，时间倏忽，转瞬十年。想当初，年方二八的王弗嫁给了十八岁的苏轼，少年夫妻，情深义重更不必说，最难得的，是王弗蕙质兰心，又明事理。

王弗离开的这十年，苏轼因反对变法，饱受压制，心境悲愤。来到密州后，又正逢凶年，忙着处理政务，生活却越发困苦，甚至达到食杞菊以维生的地步。或许，他并不是时刻都有暇想起亡妻，但他绝不曾忘却她。

那是一种深深埋在心底的感情，是一时一刻都不能消除的。于是，在这个举家团圆的时节，往日蓦然涌现心头，久蓄的情感潜流，如同闸门忽然打开，奔涌澎湃，难以遏制。

梦境，亦是真实的情感。王弗的孤坟远在千里之外，苏轼即便想与她共话凄凉，也是不可能的。可是，他那样孤寂，又凄凉无助，急于向人倾诉，多希望王弗真的能魂魄有知，回来陪他说说话。

然而，这十年间，苏轼已经变得容颜苍老，形体衰败，虽然不到四十岁，却已“鬓如霜”。他担心，即便王弗此刻出现在面前，恐怕也认不出如此形容憔悴的自己了吧。

一个梦，将过去拉回了眼前，又将现实的感受融入了梦中。每一年的这个时候，苏轼都会因思念亡妻而伤痛。他想，此时的亡妻正在凄冷的月夜中独处，想必和自己一样痛苦。

一首悼亡词，被苏轼写得感天动地，催人泪下。短短数十字，道尽无限深情。苏轼向来乐天开朗，唯有在思念王弗的时候，才能写出如此感人肺腑之语。

就在苏轼写下这首《江城子》后的第四年，便发生了北宋著名的“乌台诗案”。新党人士从苏轼的诗词中罗织罪名，以“目无朝廷”“妄自尊大”“包藏祸心”为由，将其捉拿下狱，使其险些遭受杀头的命运。幸而有王安石的那句“安有圣世而杀才士乎”，苏轼才保住一命。

此后数十年，苏轼因耿直的个性，始终处在新党和旧党的夹缝中。他被一贬再贬，后半生几乎都沦陷在漂泊不定、颠沛流离的日子里。六十一岁那年，苏轼又被朝廷一纸调令，贬到了千里之外的海南。

颠沛流离的日子里，对王弗那刻骨铭心的思念始终挥之不去，王弗的音容笑貌，仍时常浮现于他的脑海。或许，王弗早已成为苏轼的精神支柱，有她在精神世界里相伴，苏轼才能勇于直面这世间的险恶，在漫长的人生旅途中，孤寂地走下去。

把酒送春春不语，黄昏却下潇潇雨

朱淑真与初恋：谁能留住，欲落的春花

封建时代里，女子多不幸，有一种女子的不幸甚至远远超过寻常女子，她们便是世人口中的“才女”。

说起宋代才女，世人首先想到的通常是李清照。不过，在真实的历史中，还有一位传奇般的女子，她的才名一度与李清照齐平，却因作品“非良家妇所宜”，被冠上一个“红艳诗人”的头衔。这绝不是封建卫道士们对她的褒扬，他们甚至刻意抹去了她留存于历史中的痕迹，以至于后世鲜有人知道她的姓名。

她是朱淑真，她的词，令人不忍细读。她的笔调太过哀怨凄恻，仿佛她人生中的种种不幸，都只能通过这些诗词倾诉给世人听。

所谓“红艳”之人，古人认为这样的女子多愁善感、浪漫不贞。朱淑真一生为情所困，人生毁于不幸的婚姻，名誉毁于“出格”的爱情。

榆钱买春风

对于世人而言，朱淑真只是一袭模糊的倩影。作为两宋存世诗作最多的女诗人，一部《断肠集》，收录的也不过是那些在烈火中劫后余生的作品。

据说，朱淑真是江南钱塘人氏。有人说，她出生于仕宦人家；还有人说，她的父母都是普通人。唯一可以确定的是，朱淑真自幼家境富裕，且天生就是个美人胚子。

朱淑真的家，位于浙江钱塘的一处大园林之中。那园林分为东西两园，其中有桂堂、水阁、西楼、雪霁、依绿亭等胜景。

朱淑真曾在《春游西园》中描写过自家的园林：

闲步西园里，春风明媚天。
蝶疑庄叟梦，絮忆谢娘联。
踏草青茵软，看花红锦鲜。
徘徊月影下，欲去又依然。

如此可见，朱淑真的家，绝非普通家庭，她可以在春日边赏花边在园中踱步，任由情思飞舞，皆因生活条件优越，活得无忧无虑。

父母为她取了个小名叫“秋娘”，对她倾注了全部爱意。自幼，朱淑真便在父母的敦促下学习诗文、书画、琴艺，尚未成年，便成了远近闻名的才女。

天真烂漫的年华里，朱淑真与所有少女一样，惜春，也伤春。她如黛玉一般孤高坚毅，独爱梅竹，闲来抚琴赋诗，曾写下赞颂梅竹的诗句。“独自凭栏无个事，水风凉处读文书”，这般婉转恬静的诗句，是朱淑真少女时期便展露出的才情。

庭院中的风景，是她才情的源泉。十一二岁那一年春日，少女朱淑真竟生出榆钱买春风的念头：

书窗即事·其二

一阵催花雨，高低飞落红。

榆钱空万叠，买不住春风。

充满童稚的天真，本就是一种诗意。诗词是流淌于她血脉里的基因，在诗词中，她肆意挥洒着烂漫的青春，在父母的呵护下自由生长着。

忆秦娥·正月初六夜月

弯弯曲，新年新月钩寒玉。钩寒玉，凤鞋儿小，翠眉儿蹙。　闹蛾雪柳添妆束，烛龙火树争驰逐。争驰逐，元宵三五，不如初六。

这首词写的是朱淑真人生中最美好的岁月，那段岁月也成为她此生都无法泯灭的记忆。那是一年正月初六，月亮细弯，如一钩新镰，又像一块翡翠。然而，在少女朱淑真眼中，那月牙儿像极了自己所穿的三寸凤鞋，又像极了那微微蹙起的一弯蛾眉。

宋代每年正月十五元夕之夜，女子都要盛装出门观灯。她们头插闹蛾、发嵌雪柳，取蛾儿戏火之意。元宵节的灯火鲜艳而热烈，可在朱淑真的记忆里，那一天反而不如正月初六热闹。那个时候，待字闺中的朱淑真脚穿小凤鞋，戴闹蛾、佩雪柳，和年纪相仿的姐妹们在灯火辉煌的街头争相追逐，在人流中穿梭，抢着看那街头的烛龙火树，一派无忧无虑的烂漫天真。

即便朱淑真曾有过那样明快活泼的回忆，却终究生错了年代。那个年代容不下才思卓绝的女子，她们只能困居于闺房之中，唯有男子可以出尽风头。于是，敢于追逐真爱、对抗不幸婚姻的朱淑真，注定成为众人眼中的异类。

有才情的女子，总有超乎寻常的艺术感知能力。年纪稍长，朱淑真已渐渐能体会到女子的深闺闲愁。身为闺阁女子，日子总是清寂而无聊。她临窗向外观望，只见幽窗上摇晃着竹叶的清影，更使深闺显得幽寂。

如此孤寂的黄昏，令朱淑真心烦意乱，窗外偏又有飞鸟鸣叫不止，那样喧噪令她更加烦闷。不经意间，朱淑真又看见海棠花落，柳絮飞尽，此情此景，她的心情也随之落寞。春花已经残败，夏天就要来了。朱淑真将眼中所见与心境联系起来，用女性特有的细腻，写下无比传神的诗句：

竹摇清影罩幽窗，两两时禽噪夕阳。

谢却海棠飞尽絮，困人天气日初长。

这首名为《清昼》的诗一经流传，立刻惊艳了世人。她竟是如此有诗词天赋的女子，落笔婉转入情，又惊魂动魄，言有尽而意无穷，偶然成句，便不输诗词大家。

更令世人惊叹的，是朱淑真的多才多艺。她的书法小楷娟秀雅致，画的梅兰花卉清丽可人。不过，朱淑真自己最爱的依然是诗词，甚至自称“诗癖”。

当春风呢喃，春雨润物，她写：

雨过

幽篁脱箨绿参差，雨过微风拂面宜。

浴罢晚妆慵不御，却亲笔砚赋新诗。

当盛夏来临，暑热难耐，她写：

夏枕自咏

夏日初长候，风棂暑夕眠。

衣轻香汗透，睡重翠鬟偏。

颦绿攒眉小，啼红上脸鲜。

起来无个事，纤手弄清泉。

当落叶铺出一地金黄，她写：

秋日偶成

初合双鬟学画眉，未知心事属他谁。

待将满抱中秋月，分付萧郎万首诗。

当霜寒夜冷，牵动诗肠，她写：

冬日杂咏

爱日温温正涤场，老农击壤庆时康。

水催春韵捣残雨，风急耞声带夕阳。

霜瓦晓寒欺酒力，月栏夜冷动诗肠。

恹恹对景无情绪，谩把梅花取次妆。

她是一个极聪明的女子，自幼受到的良好教育与文学熏陶，让她博通经史，才华横溢。可偏偏就是这份聪明与才华，让她在后来的人生里，饱受世人的妒忌与诽谤。

或许，在那个封建的社会里，女子就应该低微和平庸，若是女子会写诗填词，甚至会被看成不光彩的事情。女子偶尔舞文弄墨，会被称赞略有才情；若才华横溢，便让那些文人士大夫丢了面子。

朱淑真似乎知道有才的女子会遭人忌恨的道理，于是，她为自己的才华而“自责”：

自责·其一

女子弄文诚可罪，那堪咏月更吟风。

磨穿铁砚非吾事，绣折金针却有功。

说来可笑，看似忏悔的一首诗，却句句讽刺。她哪有一刻觉得读书写诗有罪？反而时刻如饥似渴地读书、坚持不懈地写诗填词，如此才能打发那些寂寞的时光。

冬去春来，寒来暑往，当年那个不谙情事的小女孩长大了。十五六岁的少女，懵懵懂懂之间便到了思嫁的年龄。清晨，当朱淑真对镜梳妆，眼神却不经意间飘向了窗外枝头的黄叶。或许是那淡漠的秋风，惹动了少女的惆怅，她不由想到，自己未来的人生，会被交付到怎样的人手里？

她曾无数次在心中勾勒那个人的模样，多愁善感的朱淑真，不愿像大多数女子那样，委身一个不爱的人。她渴望寻找一个知冷暖、能与自己填词和诗、俊逸清高的夫君。夫妻共处一隅，相互唱和，眉目流转，是彼此的知己，那将是世间最浪漫的事。

眼儿媚

迟迟春日弄轻柔，花径暗香流。清明过了，不堪回首，云锁朱楼。　午窗睡起莺声巧，何处唤春愁？绿杨影里，海棠亭畔，红杏梢头。

清明刚过，风和烟暖，罗衫轻薄。本是明媚的春日，风和日丽，花香怡人，对此良辰美景，朱淑真却因心事而慵懒，做什么都提不起劲。她信步走在花间小径上，无精打采地赏着花，偏又赶上一阵阴霾捣乱，为朱淑真的心头罩上一层愁雾。

黄莺的啼叫，唤起了朱淑真的春愁。似乎心绪不佳的女子，最易闻鸟啼而惊心。阴霾与鸟啼惹恼了朱淑真，其实，她烦恼的真正原因，是她爱上了一个人。

仿佛冥冥中自有天定，那一日，朱淑真趁着天气晴朗外出游玩，竟真的遇见了那个曾在梦中见过的俊逸身影。

春日的水边，文人雅士相聚于此，在众多书生之中，朱淑真一眼便看到了一位气质飘逸不俗的男子。她远远地看着他侃侃而谈，诗酒纵意，那俊秀的眉目，宛若飘逸的仙人。她不敢出声，甚至连呼吸都变得轻缓，生怕打扰了那个侃侃而谈的人。然而，她又渴望对方能注意到自己，哪怕只一眼，四目交会，他便能读懂她的情。

门前春水碧于天，座上诗人逸似仙。

白璧一双无玷缺，吹箫归去又无缘。

这是朱淑真在《春日杂书》中所写的诗句。爱情是讲究缘分的，美丽的朱淑真，如愿以偿地获得了那男子的关注。与心爱之人心意相通，纵然世间万物寂寞，人生也不会有那么多遗憾了。

这位书生的出现，宛如初升的阳光，照亮了少女苦恼的青春。从

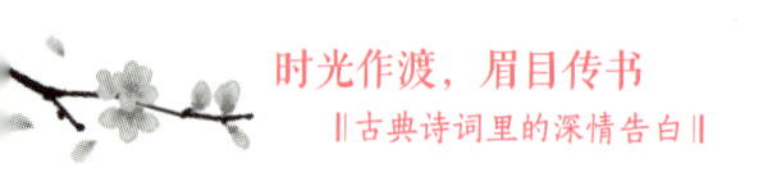

此，朱淑真的情意有了寄托之处，她看他的眼神，总是含情脉脉，几许深情，却又暗含着几许渺茫。

春日里，他们并肩赏花。朱淑真折下最美的一朵，插入云鬓，笑问书生，这样是否好看？她自己便如同一朵盛开的芙蓉。想必任谁也拒绝不了一个美丽的女子在春日里的嫣然一笑吧？这一笑一问，刹那间便让书生的心也融化了。

恋情本该是美好的，然而，自从有了心爱之人，朱淑真反而患得患失起来。她变得心事重重，开始有了沉吟与浅愁。温暖的春风、和煦的阳光、轻漾的柳条、鸣唱的鸟雀，在朱淑真眼中，皆化作缕缕愁绪。

她与那梦中的恋人虽有缘，那缘分却比清晨的露水更易消散。不知为何，他们后来天各一方，时光悠远，两个深爱着彼此的年轻人，只能任由相思成灾。不过，思慕的种子既然已经发芽，便轻易不肯枯萎。

相思欲寄无处寄

不知不觉间，朱淑真已经二十出头。她没能等来那个深爱的情郎，却把自己等成了一个老姑娘。

在父母的逼迫下，她嫁人了，嫁的不是那个俊逸似仙的男子，而是父母为她挑选的郎君。据说，他是一名小官吏，从世俗的眼光去衡量，他们算得上门当户对。然而，在精神上，朱淑真与夫君却从不对等。

若命运由得朱淑真自己选择，她无论如何不会嫁给一个自己不爱的男人。可此时的她，已经心灰意冷，草率地答应了这门婚事。

她也曾天真地想，自己也许可以和夫君琴瑟和鸣。可惜，他们本就是两个世界的人，朱淑真无法理解夫君的市侩，夫君也无法理解她那些小情小调的浪漫情怀。

无论如何，新婚的夫妻之间，多少有些小小的甜蜜。娶到像朱淑真这般才貌双全的女子，也曾让她的夫君感觉脸上有光。于是，婚姻的最初，夫君也曾给予过朱淑真体贴与温存，平凡的小日子，也曾有过些许诗意。可惜，甜蜜幸福的婚后生活极为短暂。

婚后不久，夫君到外地做官。婚后的第一个七夕，朱淑真便没能与夫君团聚。夜已深，人间的痴情少女们还在虔诚地祈祷爱情，似乎每个人都在为牛郎与织女一年一度的相会而庆祝。可是，谁又能理解他们一年只能相会一次的痛苦？

鹊桥仙·七夕

巧云妆晚，西风罢暑，小雨翻空月坠。牵牛织女几经秋，尚多少、离肠恨泪。　　微凉入袂，幽欢生座，天上人间满意。何如暮暮与朝朝，更改却、年年岁岁。

朱淑真并不满意这个貌似幸福的结局，她更渴望凡人的爱情。如果人间情爱不能落实到一饮一食、一粥一饭、柴米油盐、鸡毛蒜皮，那根本算不得修成正果的爱情。秦观说：“两情若是久长时，又岂在朝朝暮暮。”朱淑真想要的，偏偏就是朝朝暮暮的陪伴，长相厮守的爱情。

为了与夫君团聚，朱淑真不得不在婚后的三年多时间里，陪伴着他宦游在外，四处漂泊。朱淑真不喜欢这样的生活，她曾在《春日书怀》中写道：

从宦东西不自由，亲帏千里泪长流。
已无鸿雁传家信，更被杜鹃追客愁。
日暖鸟歌空美景，花光柳影谩盈眸。
高楼惆怅凭栏久，心逐白云南向浮。

在各地辗转，已经让朱淑真不耐烦。可是，为了婚姻的美满，她一度愿意付出一定的代价。只可惜，从夫君身上，朱淑真没能得到回报。

他终日周旋于各色人等之间，朱淑真与他难得见上一面，这让朱淑真倍感冷落与寂寞，还曾专门在诗中悲叹：

春词二首 · 其一

屋嗔柳叶噪春鸦，帘幕风轻燕翅斜。
芳草池塘初梦断，海棠庭院正愁加。
几声娇巧黄鹂舌，数朵柔纤小杏花。

独倚妆窗梳洗倦，只惭辜负好年华。

朱淑真觉得，自己的好年华，就这样被夫君辜负了。她时常在外人看不见的地方偷偷流泪，为自己的这段婚姻心生不甘。最初的那一点点甜蜜，早已在岁月的消磨下荡然无存，朱淑真几乎不太记得，自己有多久没有过快乐的感觉了。

她那柔弱的外表下，包裹着一颗倔强的心，绝不甘心就这样在无趣的婚姻中妥协。可是，无论她如何挣扎，都无法改变夫君不懂风情的现实。朱淑真终于看清，原来她的婚姻，终究没能逃脱“男大当婚，女大当嫁”的宿命，一切只是顺理成章，与爱情没有任何关系。

至于她的夫君，则活得更加现实。他喜欢妻子年轻貌美，但更希望她只是一个依附自己生存的花瓶而已。他渴望享受妻子对自己的仰望，而不愿见到在听不懂妻子口中那些风花雪月的诗句时，妻子眼角流露出的嘲讽。

朱淑真对夫君的嘲讽又何止停留在眼角，她甚至专门写诗，表达自己的不满：

寄恨

如毛细雨蔼遥空，偏与花枝著意红。

人自多愁春自好，天应不语闷应同。

吟笺谩有千篇苦，心事全无一点通。

窗外数声新百舌，唤回杨柳正眠中。

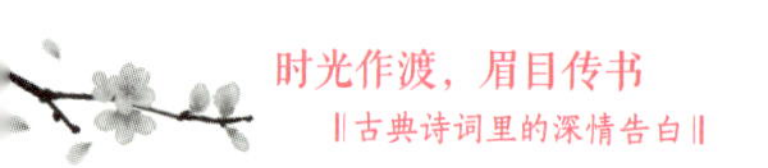

朱淑真越是如此，夫妻间的隔膜便越是深厚。他们越来越无话可说，面对丈夫的忽视，朱淑真的痛苦无以复加，她开始变得越来越不像自己，每天的思绪都被怨怼填满。

有爱的婚姻，是爱和生活相互辉映；无爱的婚姻，不过是把日子过成一潭死水而已。渐渐地，朱淑真的诗词中出现越来越多的怨天尤人之句：

减字木兰花·春怨

独行独坐，独唱独酬还独卧。伫立伤神，无奈轻寒著摸人。　此情谁见，泪洗残妆无一半。愁病相仍，剔尽寒灯梦不成。

时时刻刻，都只有朱淑真一个人。愁肠已断，寂寞已深。她的内心，已满是抑郁孤独。为此，她伤心失神，对季节气候也变得格外敏感。初春轻寒，撩惹春愁。她对自己的婚姻深感不满，只怪多舛的命运捉弄。

她时常以泪洗面，愁病相加，夜不成眠。一盏孤灯，发出微弱的光亮，朱淑真形单影只，披衣起身，想要将那灯芯剔亮一些。可是，对着那盏孤灯，她不知不觉间又满脸泪痕。

这份孤寂愁情，无人见，无人知，无人慰藉，更无可解脱。只有身在其中的人，才能体会那份痛苦。

夫君越来越少回家，公事之余，他整天泡在妓院中。即使是中秋之夜，朱淑真也是一个人度过的。躺在枕上，她突然听到一阵笛声。

那笛声原本悠扬清远，可在伤心人听来，却是声声断肠。这个愁肠百结的寂寞女子，又披衣起身，在中秋的圆月下倚窗听笛，让人生怜。

此时此刻，她的夫君正一心扑于红尘之中，混迹在风月场中另觅新欢。在俗世的烟尘里，他得意地畅游。

有一次，朱淑真的夫君竟然把妓女带回家中。他喝得烂醉，将卧房吐得满地污秽，朱淑真语出不满，夫君竟动手打她。

朱淑真终于对这段婚姻彻底失望，她再也无法忍受，决定离开夫君，回到娘家。

秋日述怀

妇人虽软眼，泪不等闲流。

我因无好况，挥断五湖秋。

那是朱淑真对这段婚姻最后的抱怨，从此以后，她的诗词再不提及一句有关婚姻的内容，与夫君相忘于江湖。

也是从那时起，她为自己招来了一堆飞短流长。世人皆说，女子应恪守三从四德，像朱淑真这般整日吟诗作词，饮酒伤春，甚至不惜和丈夫决裂的女子，绝非宜室宜家的良配。

朱淑真生来倔强，哪怕流言蜚语漫天，她依然不肯放弃精神上的追求。在她看来，这人间已足够寂寞，若精神再不丰盈，那人活着，与行尸走肉有什么分别？

泪湿春衫袖

沉沦于那段粗俗不堪的婚姻时，朱淑真时常回忆自己的初恋情人。她是纯净的璞玉，唯有初恋情人才是能鉴玉识香的人。在对那段婚姻深恶痛绝的时候，她多渴望能有一个理想的“萧郎”，带自己脱离苦海。

“宁可抱香枝上老，不随黄叶舞秋风”，是朱淑真对待爱情的态度，亦是她的爱情宣言。这样至情至性的女子，在娘家的日子并不好过。正巧，当时宰相曾布的妻子魏玩正寓居汴京。魏玩也是一位善于作词的女子，京城的日子寂寞无聊，得知朱淑真是有名的才女，便千里迢迢将她接来京城。

魏夫人特地设宴为朱淑真接风，也想趁此机会考验一下朱淑真的才华。她以“飞雪满群山”五个字为韵，请朱淑真作诗。朱淑真稍作思量，便磨墨落笔，依韵写下五首绝句：

会魏夫人席上，命小鬟妙舞，曲终，求诗于予，以“飞雪满群山”为韵作五绝

管弦催上锦裀时，体段轻盈只欲飞。
若使明皇当日见，阿蛮无计况杨妃。

香茵稳衬半钩月，来往凌波云影灭。
弦催紧拍捉将遍，两袖翻然做回雪。

柳腰不被春拘管，凤转鸾回霞袖管。
舞彻伊州力不禁，筵前扑簌花飞满。

占断京华第一春，清歌妙舞实超群。
只愁到晓人星散，化作巫山一段云。

烛花影里粉姿闲，一点愁侵两点山。
不怕带他飞燕妒，无言相逐省弓弯。

五首诗一气呵成，魏夫人惊叹不已，内心敬佩，遂与朱淑真结为知己。从此，她们常在一处吟诗填词，常常于盛筵欢笑，以歌舞助兴。身为魏夫人的座上宾，朱淑真也结交了一些贵族夫人。日子变得多姿多彩了起来，但心底失落的情绪还是偶尔弥漫，尤其夜深人静之时，无边的寂寞与哀愁依然会将她吞没。

当爱情再次降临，一切便有了截然不同的模样。朱淑真究竟爱上了谁？我们不得而知。有人说，他就是朱淑真的初恋情人，或许真的是这样吧？否则她为什么可以那样奋不顾身，面对整个世界的诟病，甚至不在乎“有违妇德”的骂名，也要沦陷在爱情里：

清平乐·夏日游湖

恼烟撩露，留我须臾住。携手藕花湖上路，一霎黄梅细雨。　娇痴不怕人猜，和衣睡倒人怀。最是分携时候，归来懒傍妆台。

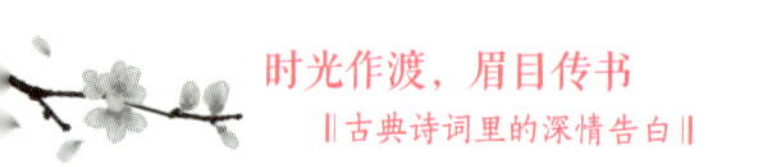

这首词记录的是朱淑真与恋人携手游湖的真实经历，唯有在他身边，朱淑真才又变回那个明艳的少女。

那是夏日清晨，如烟般朦胧的雾气和晶莹剔透的露珠将消未消之时。朱淑真有些恼恨这雾气和露珠消散得太慢，让她和恋人等了好一会儿，才携手走上两边满开荷花的湖堤。没过多久，又下起一阵黄梅细雨，在烟雨茫茫中游湖，格外增添一份朦胧的情趣。

他们躲在小亭中避雨，四目相对，生出无限缠绵。朱淑真在恋人面前丝毫不掩饰自己的娇憨之态，痴痴地倒在恋人怀里，享受这难得的甜蜜。

天色向晚，朱淑真恋恋不舍地与恋人分别，回到家里，她甚至不敢靠近妆台看镜子里自己的模样。想必，那时的她，定是千情百态，双目含情，一副沉浸在爱情之中的少女神态。

爱情可以冲昏人的头脑，沉浸在爱情里的朱淑真，宁愿自己就这样不清醒地活下去。世人的议论与嘲笑，她统统弃置一旁，只要心中的一抹甜蜜尚存，她便已经知足。

爱情让本就大胆的朱淑真变得更加无所畏惧，她把自己的爱情写进诗句里，恨不得整个世界都知道她的恋情，恨不得所有人都知道，自己对这段恋情有多在意。

然而，他的恋人却远不如她勇敢。在世人的侧目与诋毁之下，他退缩了，悄悄地从朱淑真的生命中消失。

朱淑真曾痴痴地幻想，只要将这段恋情置于阳光之下，它便能生根、发芽、开花、结果。可惜，在那个封建的年代，真正的爱情，反而是最见不得光的东西。

清平乐

风光紧急，三月俄三十。拟欲留连计无及，绿野烟愁露泣。　倩谁寄语春宵？城头画鼓轻敲。缱绻临歧嘱付，来年早到梅梢。

暮春时节，春日即将消逝。绿肥红瘦、树木含烟、花草滴露，都在为无法留住春天而感伤。其实，朱淑真想要留住的，哪里是春日，而是那个即将分别的恋人。然而，他的身影终究还是消失不见了，只剩下朱淑真一个人，游离于人世间的狂欢之外，再遭冷落与抛弃。

为了爱情，她曾构筑起一方天地，只要深陷爱中，便能与整个世界对抗。此时，她的那方天地顷刻间崩塌，再也没有人与她幽期密约，倾诉衷肠，她宛如一缕孤魂，游荡在尘世的风雨里，独自遭受谩骂与指责。对她进行指责与谩骂的人群中，甚至还包括她的亲生父母。

爱情世界的崩塌，几乎抽空了朱淑真的灵魂。她再也感受不到阳光照耀在身上的温暖，脸上挂着再也烘不干的泪痕。不知从哪一天开始，朱淑真一病不起，即便如此，她依然没能得到父母的些许心疼。

父母认为朱淑真“不守妇道”的名声丢尽了家人的颜面，面对家人的不解与怨愤，她的心情灰暗到了极点。在伤心与寂寥中，她就这样悄悄地死去。

没有人知道，朱淑真究竟在哪一年离开这个世界。有生之年，她尝尽了酸甜苦辣、若即若离的滋味，终究没能得到白头偕老的爱情，只得抱恨而终。

是婚姻与世俗，葬送了一代才女。在她死后，父母甚至耻于为她寻找一块埋骨之地，一把火烧了她的尸身，连同她留下的诗词，也被付之一炬。

所幸，一个名叫魏仲恭的南宋诗人在朱淑真死后，将她散落人间的诗词搜集整理，编订了一本《断肠集》，并为之作序、刻书，使朱淑真的一部分诗作词作得以流传。他将朱淑真比作“蜀之花蕊夫人，近时李易安”，足可见他对朱淑真的赏识与怜惜。

朱淑真生前那样爱自己的诗词，一生荒凉，一生断肠，死后竟遍寻不着一处青冢。好在，她在这个世间尚有知音，至少清代太谷学派南宗领袖、刘鹗的师傅李光炘，是真心欣赏朱淑真的诗词。

李光炘曾在道光年间，暮春时节来到钱塘，冒着疾雨，寻找朱淑真墓，却遍寻不到。一想到那个生前没有知音，死后不能埋骨于地下的女子，李光炘郁结难平，捋须长叹：

访朱淑真墓不得，湖上遇雨，怒然感怀，遂吊以诗，仍用人字韵

斜日楼台空夕照，断肠诗句太伤神。

黄昏此日潇潇雨，想见当年泪眼人。

朱淑真，一个如梦似幻的名字，却在无助、压抑、愁思中度过一生。她的《断肠集》，满是对爱情的期待与无奈，那诗词虽美，却愿每一位女子都不要拥有朱淑真这样的人生。

当时明月在，曾照彩云归

晏几道与歌女：心心之间，念念之远

人生如梦，世事无常，谁又能保一生荣华富贵？从巅峰跌落谷底，这才明白，功名利禄，不过是过眼云烟，待繁华落尽，一切尽归尘土。

作为北宋名相的后代，晏几道却没有活成富家贵公子应有的模样。他柔情，也多情，卓绝才思让他一生孤傲。功名利禄于他而言似尘土，唯有那些徜徉于花间的柔情蜜意，才能让他驻足停留。

他也曾享受过人世间极致的富贵，却只能眼睁睁看着繁华从面前溜走。像许多落魄贵族一样，晏几道难逃落魄的人生结局，仕途上也无所建树，唯一值得称道的，是他笔下那一首首哀婉的小令，倾诉着他不被上天眷顾的命运。

当年拚却醉颜红

这世间留存的关于晏几道的资料很少，只知他的父亲是宋仁宗年间大名鼎鼎的宰相晏殊，晏几道是晏殊的第七子。

晏几道出生时，晏殊已四十七岁，正是位高权重之时，老来得子，更是对此子格外看重，晏几道可谓衔着金汤匙出生，成长于富贵乡里、锦绣丛中。在生命的最初，晏几道眼中所见，皆是富贵繁华，管弦歌赋。

他如同众星捧月一般来到这个世上。父亲官居相位，德高望重，权倾朝野，且是文坛大家。如此家庭背景，让晏几道从小的吃穿用度皆是最好的，正如晏几道自己后来在诗中所写："金鞭美少年，去跃青骢马。牵系玉楼人，绣被春寒夜。"那便是他极尽奢华的童年与少年生活。

在诗词方面，晏几道极具天赋，完全继承了父亲的衣钵，语言清丽，遣词婉约，为此，晏殊对这个儿子也倾尽了宠爱。

在那个歌舞升平的年代，文人雅士皆热衷于诗词创作，晏几道同样热衷此道，反而对仕途经济全无兴趣。

翩翩公子晏几道，出席人世间最奢华绮靡的佳筵盛典，是他的日常；被无数明眸善睐的女子喜欢，更不是什么稀罕事。

同朝贵公子沈廉叔、陈君龙，都是晏几道的好友。同样青春年少的三个人，都热衷于音律与词句，于是，三人时常聚在一处，夜夜欢宴，四个聪明俊秀的女孩每次都陪伴在他们身边。

四个女孩的名字分别叫莲、鸿、蘋、云，她们容貌姣好，善解人意，晏几道词兴大发时，便挥笔写词，递给四个女孩子吟唱。

多年以后，晏几道与一女子重逢，不禁回忆曾经。

鹧鸪天

彩袖殷勤捧玉钟，当年拚却醉颜红。舞低杨柳楼心月，歌尽桃花扇底风。　　从别后，忆相逢，几回魂梦与君同。今宵剩把银釭照，犹恐相逢是梦中。

不知这词中女子是那四个女孩子中的哪一个。晏几道只在词中说，当年初次相逢，两人便一见钟情。那时，这女子身着彩衣，殷勤地捧着酒，一杯又一杯地敬给晏几道。晏几道不忍拒绝，哪怕喝醉，也要饮下一杯又一杯。足以见得，他们当时浓情蜜意，晏几道为求美人欢颜，尽显豪情。

自从分别，晏几道时常会思念那位女子。他们的初见，是一场彻夜不眠的盛筵，那一日的场景，时时浮现于他眼前。甚至许多次在梦中，晏几道都对那位女子魂牵梦萦。以至于后来真的重逢了，晏几道几乎不敢相信这是真的，所以，他点亮银灯，一次又一次地照着那女子的面容瞧，生怕还是一场梦。

酒宴之上，晏几道曾与许多歌女结缘。一位名叫玉箫的女子，曾用妩媚妖娆的歌声将晏几道打动，半醉半醒之间，晏几道为她写词：

鹧鸪天

小令尊前见玉箫。银灯一曲太妖娆。歌中醉倒谁能恨，唱罢归来酒未消。　　春悄悄，夜迢迢。碧云天共楚宫遥。梦魂惯得无拘检，又踏杨花过谢桥。

只需一眼，彼此便心领神会，成就一段情缘。晏几道在她的歌声中痛饮，哪怕醉倒都不会感到遗恨。一曲唱罢，余音在耳，筵散归来，酒意依然未消，对玉箫的绵绵情意，也不曾消散。

那个美丽的女子，已悄悄住进晏几道心中，以至于没有她在身边时，晏几道春夜独处，竟久不成眠，更觉春夜迢迢。

她就是晏几道心中的巫山神女，现实中不能常相伴，他便在梦中去实现那现实中不可能得到的欢乐。晏几道的“梦魂”无拘无束，任意游行，在迷蒙的夜色中，踏着满地杨花，悄悄走过谢桥，去和意中人相会。

晏几道的几个哥哥已先后入仕，唯有他终日沉醉于秦楼楚馆之中，不思进取。

其实，晏几道并非没有入仕的能力，只是他不热衷于仕途。与做官相比，晏几道更钟爱逍遥自在的生活。所谓诗酒趁年华，既然几位哥哥都有了官职，他也乐得清闲。

若晏几道有意做官，凭他的家境，高官厚禄必不是难事。除了有位极人臣的父亲，朝中重臣范仲淹、王安石、韩琦、富弼、欧阳修皆是父亲门徒，尤其是他的姐夫富弼，已身居副相之位。

世人皆以为，晏几道的人生无论如何都能一帆风顺，甚至不输父亲晏殊。然而事实上，晏几道一生境遇，却非常人所料。

从少年时起，晏几道便表现出对仕途的不屑。他懒得攀附所谓的权贵，因为他所处的相府，本就是权贵之所。看多了世人的逢迎与巴结，晏几道早已对官场心生厌恶。

他不留恋官场，只喜欢处处留情。晏几道笔下的词句，总离不开男女情爱，却不艳俗。或许，他是一个真的懂得爱情为何物的人，所以，更能看清爱情的本质里掺杂着愁绪。

有人说，晏几道，是古之伤心人。当一个人拥有最纯净的心灵，便总能轻易被世间的一切情感引发出悲伤。他的词句总是感性的，以至于人们只能读懂他的情爱，却读不懂他的情绪。

除了写词，他别无长处，这是他人生悲剧的源泉，也是他最大的不幸。

天将离恨恼疏狂

这般不知人间烟火为何物的神仙日子，晏几道享受了十七年。随着父亲晏殊撒手人寰，这样的日子戛然而止。或许，父亲离世的这一年，才是晏几道真实人生的开始。

晏殊的丧礼办得甚为荣光，仁宗皇帝亲临丧仪，百官前来吊唁。晏几道当时并没有意识到，他的人生即将从云端跌落凡尘。

父亲刚刚离世的那段日子，是晏几道改变人生的最后机会。所谓

“朝中有人好做官”，晏家在朝中的确是有人的，且都是位高权重之人，就连皇帝都将自己对晏殊的感情转嫁了一部分到晏几道身上，可惜，这种别人一辈子都求不来的机缘，晏几道没有抓住。或者说，他根本不屑去抓。

玉楼春

雕鞍好为莺花住。占取东城南陌路。尽教春思乱如云，莫管世情轻似絮。　古来多被虚名误。宁负虚名身莫负。劝君频入醉乡来，此是无愁无恨处。

这是晏几道的人生态度，也是他一生落拓的原因。

自出生后，晏几道便从未真正体会过人间疾苦，更不明白自己的顺遂人生，全部是基于父辈的赠予。因为得到得太容易，所以不懂得珍惜，这样的道理，晏几道直到多年以后遭受了人生的霜风剑雨才有所体会，可惜一切已经来不及。

父亲死后，晏几道凭门荫入仕，得了个太常寺太祝的小官。这是一个主管宗庙祭祀的官职，没有实权，却远离官场污浊，乐得清闲，正符合晏几道的个性。也正是因为这清高孤傲的个性，让晏几道的仕途仅仅止步于此类低微的官职。

宋代官员的后代通过门荫入仕，必须通过相应的考试才能获得选官资格。而且，通过门荫入仕的官员，在任用与升迁时都受到极大限制，文臣大多只能得到八品以下的低级差遣，初入仕途时，不得担任

知州、知县、通判等官职，只能到偏远州县担任低级的监当、主簿、县尉等官职。

升迁时，通过门荫入仕的官员要比科举出身的官员慢许多，大多人终其一生，也得不到一个正式的官职。因此，许多官宦子弟不愿以门荫入仕。

晏几道自然清楚这些规矩，可他并不在意，也不屑于参加科举。家族的地位与个人的才华，皆为他造成了功名唾手可得的错觉。这些因幸运而得来的荣耀，终让他的人生变得比寻常人更加不幸。

富贵的华彩，早已一点点被岁月剥落。曾经那座繁华的相府，渐渐变得沉寂冷清。锦衣玉食的生活与晏几道渐行渐远，他的日常，只剩下余烬冷烟。

他偏偏不肯将这些变化放在眼里，依然保持着以往贵公子的习惯与作风，似乎要将富贵闲人的生活进行到底。

就连晏几道自己也说不清，有多久没有感受过他人的善待，就连妻子对他也是冷眼与呵斥，这让晏几道终于意识到，如今自己的生活已经变得残破不堪。

他也曾尝试过改变生活的现状，作诗献给宋仁宗，诗中满满都是吉祥的话语。这一次难得的“屈尊”，终于为晏几道换来了一个不大不小的官职。后来，晏几道监颍昌许田镇时，知府韩维是晏殊的弟子。晏几道对自己的才气素来自信，再加上这层特殊的关系，理所当然地认为自己会受到韩维的礼遇。

于是，上任伊始，晏几道便大胆地给韩维献上自己的词作。韩维很快回复，“盖才有余，而德不足者”，希望你能“捐有余之才，补不足之德”，不要辜负我作为一个“门下老吏”的期望！

韩维的话语，全无昔日晏家门生的温情，而是一副道学面孔、家长做派。晏几道读罢，如同寒冬里被人兜头泼下一瓢冷水，冷入骨髓。

紧随其后的一场牢狱之灾，彻夜扑灭了晏几道脑海中的幻想。晏几道的好友郑侠，当年因将自己在各州县所见到的变法弊端面陈王安石，被贬为京城监门小吏。熙宁六年（公元1073年）六月，蝗虫成灾，又一连九个月大旱，民不聊生。各地官吏依据新法，向百姓催讨青苗法的贷款，导致饿殍遍野，饥民四处流窜。郑侠亲眼看见大批灾民衣不蔽体，在狂风暴雨中跋涉，靠草根树皮充饥，便将所见之景画成《流民图》，辗转送到皇帝手中，所见之人无不为之落泪。

王安石因这幅《流民图》被降职，但新法并未废除。于是，郑侠第二年又向皇帝呈上一本画册，题为《正直君子邪曲小人事业图迹》，彻底激怒了新法派。

郑侠因此被流放到偏远之地，与郑侠往来甚密者皆一并治罪。晏几道与郑侠颇有交情，也被牵连入狱。

鹧鸪天

醉拍春衫惜旧香。天将离恨恼疏狂。年年陌上生秋草，日日楼中到夕阳。　　云渺渺，水茫茫。征人归路许多长。相思本是无凭语，莫向花笺费泪行。

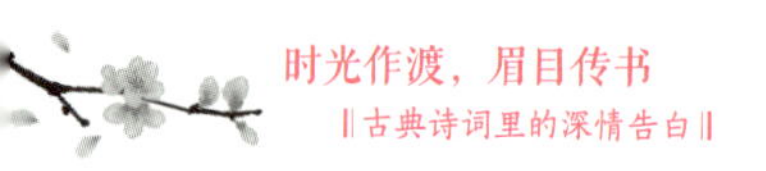

一首词，写尽欢聚的疏狂与离散的孤独。无可奈何之时，晏几道只能以词自慰，读来却令人更觉得哀伤。

好在皇帝对晏几道的为人有所了解，知道他不过是受人牵连，便将其释放。然而，自此以后，晏几道的仕途再无希望，他索性早早辞去官职，回到家乡，醉卧花间，再不惦记仕途。

欲将沉醉换悲凉

曾经被晏几道看不起的官场，早已不再有他的容身之地。他似乎也从未渴望在政治上有所作为，至少，做官带给他的快乐，远不及那些婉约的诗词带给他的快乐。尤其是秦楼楚馆中的歌声，能带给他从不枯竭的灵感与持续的感动。

余下的人生里，填词成了重中之重。晏几道时常与黄庭坚、王砯在寂照房聚会酬唱，与沈廉叔、陈君龙厮混在灯红酒绿里，为歌女写词，博红颜一笑：

临江仙

斗草阶前初见，穿针楼上曾逢。罗裙香露玉钗风。靓妆眉沁绿，羞脸粉生红。　　流水便随春远，行云终与谁同。酒醒长恨锦屏空。相寻梦里路，飞雨落花中。

词中所写的女子，是晏几道姐妹的闺中好友。初次相见时，那女子来晏家玩耍，正与几位小姐妹在阶前斗草，她的裙子沾满了花丛中的露水，头上玉钗迎风微颤，那活泼唯美的模样让晏几道一见钟情。发觉晏几道正在看自己，她的粉面泛起了娇红，满是情意。

他们第二次相见，正逢七夕，那女子来找他的姐妹玩耍。她们对着楼上的牛郎织女双星穿针，以为乞巧。那是从汉代便流传下来的风俗，于是，晏几道在穿针楼上与她重逢了。

不知他们是否曾在私下里互相表达爱意，后来，那女子远嫁，晏几道也不知道她嫁给了何人，更不知她嫁去了哪里。人虽远走，情感却留了下来，每当夜阑酒醒的时候，对她念念不忘的晏几道，总觉得心底空荡荡的，似乎永远也无法找回能够填满这空虚的那一段温暖了。

女子的行踪如流水，无迹可寻，晏几道只好去梦里相寻。在梦中，他顶着春雨飞花，跋山涉水，到处寻找，多么渴望能找寻到她的身影。那爱恋越深，相思就越发孤独。

临江仙

梦后楼台高锁，酒醒帘幕低垂。去年春恨却来时。落花人独立，微雨燕双飞。　　记得小蘋初见，两重心字罗衣。琵琶弦上说相思。当时明月在，曾照彩云归。

这首词是晏几道的一首名作，他写来怀念一位名叫小蘋的歌女。那又是一次午夜梦回，四周楼台已闭门深锁，晏几道宿醉方醒，朦胧

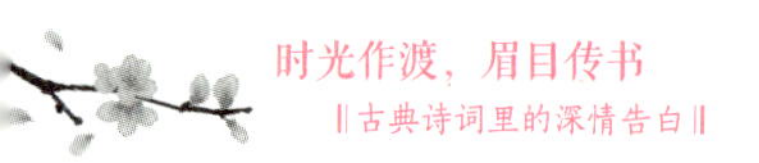

间看到低垂到地的重重帘幕。

此处曾是昔日朋友欢宴之所，如今已是人去楼空。晏几道独处一室，在寂静的夜里，更加感到孤独与空虚。他企图借醉梦逃避现实的痛苦，却最怕梦残酒醒。因为一旦如此，忧愁便从深夜里袭来，绵延不绝。

当年听歌笑乐的情境，时常在午夜梦回时重现。晏几道经历过太多寂寥凄凉的夜晚，残灯独对，他仿佛是天下最伤心的那个人。

逝去的春日，总让他感觉莫名的惆怅。这春恨的由来，绝非一朝一夕，每逢春残时节，恼人的情思便涌上心头。孤独的晏几道，久久地站立在庭院中，对着飘零的片片落英，落寞地看着成双成对的燕子在春雨中轻快地飞来飞去。眼前那极清美的景色，在他看来，却是芳春过尽之景，所有美好都即将消逝，不禁令人黯然神伤。

他深深地眷恋着那个名叫小蘋的女子，在晏几道的记忆里，小蘋是一个天真烂漫、娇美可人的少女。许多情事，或许会随着岁月的流逝而淡忘，但初见的场景，却总能铭记于心。每当酒后梦醒，晏几道脑海中便会浮现出初见小蘋时她的模样：她穿着轻薄的罗衫，上面绣有双重的“心”字图案，仿佛表明了他们一见钟情，心心相印。

小蘋初见晏几道时，脸上带着羞涩的神情。晏几道能够看出她对自己的爱慕，那欲说还休的模样着实可人。她借助琵琶的美妙乐声向晏几道传情，弹者脉脉含情，听者知音沉醉，无须言语，已互诉衷情。

小蘋是沈廉叔府中的歌女，晏几道记得，那日筵席散场，小蘋的身影像一朵冉冉的彩云，在皎洁明月的映照下飘然归去。此去经年，晏几道从醉梦中醒来，也是一个月明之夜，就如当年一样，只是明月依然，彩云却已不在。

一番苦恋已成痴，虽未直接言情，情却已在词中，字里行间尽是悲今悼昔的感叹。

破阵子

柳下笙歌庭院，花间姊妹秋千。记得春楼当日事，写向红窗夜月前。凭谁寄小莲。　　绛蜡等闲陪泪，吴蚕到了缠绵。绿鬓能供多少恨，未肯无情比断弦。今年老去年。

抛却前尘旧事，晏几道忘我地投入“花间”填词。这首词中，他怀恋的是小莲。当年，出生于富贵之家的晏几道，每一天过的都是歌舞升平、安乐豪华的生活。同为沈廉叔府中歌女的小莲，便是在那时出现在晏几道生命中的。

那段鲜衣怒马的生活，他永远不会忘记，可是，在这红窗夜月之前，那些美好的女子却统统失去了联系，也不知有谁能将这首满是情思的词作带给可爱的小莲。

“春蚕到死丝方尽，蜡炬成灰泪始干”本是李商隐的名句，被晏几道引用于这首词中，含义变成了在无可奈何中感叹人生渐老的悲伤。在愁苦的煎熬中，晏几道苦苦支撑，一首词中，诉尽了九转回肠。

鹧鸪天

手捻香笺忆小莲。欲将遗恨倩谁传。归来独卧逍遥夜，梦里相逢酩酊天。　　花易落，月难圆。只应花月似欢缘。秦筝算有心情在，试写离声入旧弦。

这首词依然是为怀念歌女小莲而作。把思念之情写成词句，题上香笺，却无人为之传递，小莲本人更是见不到的。晏几道根本不知道小莲如今流落何方，他的思念之情，也统统变成了“遗恨”。他和小莲的“缘”，如花之易落，月之难圆，一切伤感，只能交付给秦筝，至于那琴弦是否能寄托思念之情，晏几道自己也并不知晓。

曾经的遇见，都值得珍爱。正是那些美好的回忆，让晏几道战胜了人生的苦难，并使那些苦难具有了特别的意义。这些在花间吟诵的人间情爱，让他从绝望的人生里找寻到一些活下去的勇气。

晏几道从不曾像父亲那般经略天下，只得醉卧花丛，却丝毫不影响他像父亲那般青史留名。花间的情爱，可以治愈一切，归根结底，晏几道的人生价值，终究还是体现在诗词上。

他的词，既富贵典雅，又旖旎流俗，世人皆称歌女传唱的词为“淫词艳曲”，晏几道那些有关情爱的词，却能够登上大雅之堂。

蝶恋花

梦入江南烟水路，行尽江南，不与离人遇。睡里消魂无说处，觉来惆怅消魂误。　　欲尽此情书尺素，浮雁沉鱼，终了无凭据。却倚缓弦歌别绪，断肠移破秦筝柱。

晏几道的纯情与痴情，为他的词作贴上了鲜明的个人标签。似乎他的每一个“梦”，都是忧伤而唯美的。在梦里，他又走向了烟水迷蒙的江南路，寻遍江南大地，也未能与离别的心上人相遇。这般“消魂”的情绪已经够难受，醒来回想，倍加惆怅。

他想提笔写信，向心上人诉说相思之情，然而，雁去鱼沉，这封信要寄却无从寄出，即便寄了，也得不到回音。无奈之下，他想借低缓的弦音抒发伤别之情，可惜，移遍筝柱，也难以将怨情抒发，只闻“断肠”之声。

苍老与失去，总是人生的常态。天真到可爱的晏几道，是一个痴傻之人，只得忍受着饥寒交迫的困顿生活。

晏几道的知己黄庭坚曾这样评价他：为人天真直率，喜欢臧否人物，几乎没有顾忌；能写一手好文章，却坚决不考科举；常常奢靡，浪费掉千百万资产，而让家人忍饥挨饿；不管别人如何欺骗，他都不恨别人；相信一个人之后就永远相信，丝毫不怀疑那个人可能在欺骗他。

这就是晏几道，一个天真又执拗的贵公子。

贫苦的日子，让他不得不经常搬家。每次搬家，晏几道总是舍不得丢掉自己的宝贝藏书，生怕它们有一点闪失。妻子对晏几道的行为厌倦至极，她觉得晏几道对书的珍爱就像是“乞儿搬碗”。晏几道感知到妻子的不满，于是毕恭毕敬地给妻子写诗，希望妻子能“愿君同

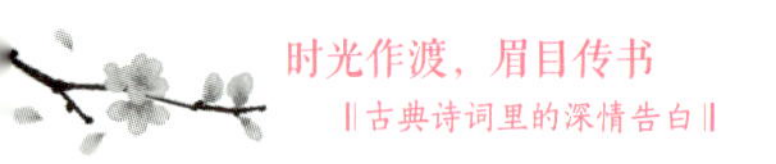

此器，珍重到霜毛”。

“云间晏公子，风月兴如何”，这是好友黄庭坚对晏几道的评价。晏几道是一个高贵、坦诚、倔强却也孤傲的人。他有一颗赤子之心，遗世独立，却都被遮掩在那些酒饮狂愁之中。

与众多歌女的交往，让晏几道诗词创作的热情空前高涨，写下大量感人至深的言情诗词。清新凄婉、高华绮丽，是晏几道的诗词风格，他形成这种风格的原因之一，便是与歌女之间的情意。

思远人

红叶黄花秋意晚，千里念行客。飞云过尽，归鸿无信，何处寄书得？　　泪弹不尽临窗滴，就砚旋研墨。渐写到别来，此情深处，红笺为无色。

作为一名婉约派词人，晏几道的词大多是写一些风花雪月之事，唯有这首《思远人》，写出了不同的格调。

晏几道写这首词时，正是一个秋天，枫叶已红，菊花已开，空气里都是专属于秋天的悲凉味道。晏几道身在家乡万里之外，他常听人说，北飞的大雁会带来远方人的思念，于是，他整日仰望天空，期盼有鸿雁捎来远方恋人的信件。

然而，望断归鸿，晏几道也没能盼来那封信。天边的云彩已经消失在天际，他终于忍不住掉下了思念的泪水。

人在悲伤的时候，只要落下一滴泪，其余的眼泪便会像冲出闸门的洪水，怎样都止不住。晏几道临窗而坐，任泪水纵横，好不容易才止住眼泪，又突然想到，为何自己不能给恋人写信？

于是，他在窗边的书桌上摊开纸，磨好墨汁，提起笔来，却不知该写些什么。他想说说分别之后的事情，不知不觉间，话越写越多，眼泪也不知何时又掉了下来，打湿了信纸，好不容易写好的信，都被泪水晕染了。

写信本身就是一件美好的事情，看着信纸上的笔迹，甚至可以想象到写信的人在写下每一个字时的样子，他的悲伤与喜悦，都在字中。晏几道这封信，千言万语，都比不上那张被眼泪打湿的信纸。我把眼泪寄给你，你便能读懂我的思念。

阮郎归

旧香残粉似当初，人情恨不如。一春犹有数行书，秋来书更疏。　衾凤冷，枕鸳孤，愁肠待酒舒。梦魂纵有也成虚，那堪和梦无。

从春风得意到落魄潦倒，晏几道的人生充满了悲剧色彩。他却并不在乎别人如何评价自己，依然任性地沉醉在自己的选择里，无论对错，哪怕深陷，也执迷不悔。

据说，苏轼当年曾上门求见晏几道。那时的苏轼，早已凭借诗词与书法闻名天下，多少人想要求见而不得。面对主动上门的苏轼，晏几道却说："如今朝中执掌朝政的显贵们一大半是我父亲的旧日门客，我都没有空闲去见，何况是你？”

说出此番话时，晏几道已不是不谙世事的少年，年过五十，尚能说出如此心高气傲的话语，可见，活了大半生，他依然没能参透世事人情。

晚年，晏几道将自己的词整理编辑成《小山词》，他在自序中写道：“考其篇中所记悲欢合离之事，如幻、如电、如昨梦前尘，但能掩卷怃然，感光阴之易迁，叹境缘之无实也。”

他的所思所感，尽在《小山词》中，被世人传诵了千年。词中的柔情蜜意，温暖着晏几道不幸的人生，装饰着他跌宕起伏的人生。有人将这些词归为风月情词，有人将晏几道奉为婉约词宗。

或许，生命就是不断失去的过程。当生命即将走向尽头，回首过往，有那么多美好的情缘可供追忆，便已足够。

公元1110年，年过古稀的晏几道安然而逝。回首晏几道的一生，有痴狂，有任性，有坎坷，也有冲破世俗的勇气。或许，晏几道的人生算不上成功，好在，他还有从情爱中得到的慰藉，以及从情爱中得来，且受到后世认可的诗词。

问君能有几多愁，恰似一江春水向东流

李煜与小周后：只要有你，生命就变得清澈

有才之人多风流，南唐后主李煜，不仅是个风流才子，更是个君王。只不过，他算不上一个合格的君王，但风流文采，却绝对令人称羡。

作为词人，李煜一生创作出许多名词佳句，流传至今。他的词句，无论是吟咏风花雪月，还是感叹命运无常，皆是他对生活敏锐而真切的体验。他曾真切地体会过位高权重的快乐，也深刻地感受过坠入谷底的悲哀。或许，这就是后人欣赏李煜的原因，无论置身何地，他都能以全部的心灵感情去投入人生当中。

最深情、最纵情

继位之前，李煜并不是最出色的继承人，他的兄长更受父亲和臣子的认可。李煜厌恶所谓的政治与权谋，更无意于王位之争，而愿意

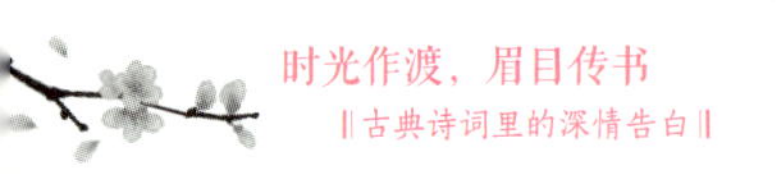

做一名闲散贵族，吟诵着属于他的风花雪月。

当兄长意外离世，李煜成了王位继承人。但李煜注定是一个失败的君主。因为生性仁慈，他难免软弱；因为出身富贵，他难免沉迷富丽堂皇的生活。

李煜的前半生，几乎平顺得过了头，于是，他从不觉得人生会出现什么棘手的难题。关于治理国家，他几乎无处下手，索性拿出从佛学中感悟到的平和，任由一个国家顺其自然地走下去。多年修行佛法，让他心怀慈悲。虽然在政治上，他算不上明君，但在百姓心目中，他的善良十分难得。

李煜一生，有两个挚爱的女子，她们是一对亲姐妹，都是司徒周宗的女儿，姐姐名娥皇，世人称其为“大周后”；妹妹并未留下名字，世人称其为“小周后”。

周娥皇入宫那一年，李煜还只是一名皇子。周娥皇的父亲周宗在南唐建国之初即拜内枢使同平章事，迁侍中，位同宰相。元宗皇帝李璟对周宗青睐有加，挑选周宗的女儿做李煜的妻子，多少有些政治联姻的味道。

十九岁的周娥皇，就这样成了李煜的结发妻子。李煜起初并未看好这桩婚事，只是觉得娶了一位功臣的女儿，能让皇室与功臣之间的关系更加稳固。然而，当他初见周娥皇的时候，顿时瞠目结舌，惊为天人。

关于周娥皇，史载其有国色，晓史书，善歌舞，精音律，尤擅琵琶。正是周娥皇最擅长的琵琶，成为她和李煜之间婚姻的桥梁。

南唐元宗李璟四十岁寿宴那天，皇宫大宴群臣，文武百官纷纷前来贺寿，一派觥筹交错的热闹景象。就在这一天，周娥皇奉父亲之命，演奏一首琵琶曲作为寿礼。袅袅琴音，在她指尖流转，宛如仙乐，余音绕梁。李璟听罢龙颜大悦，当场将国宝烧槽琵琶赏赐给周娥皇，并决定与周家联姻。

周娥皇的美貌与才情，都让李煜满意。他们是一对恩爱的结发夫妻，自从娶妻，本就浪漫的李煜更是夜夜笙歌，恣意放纵。即便后来即位，李煜对国事也并不上心，而是整日沉浸在浪漫之中，写词谱曲，吟诗作赋。

贤淑的周娥皇不止一次地委婉规劝李煜，不要为了享乐而耽误国家大事，应以国事为重，这更让李煜对周娥皇在喜爱之上，又添了几分敬重。

这般蜜里调油的生活，更激发了李煜的创作热情。他庆幸自己娶到了一位贤妻，同时又拥有了艺术上的知己，于是将夫妻之间的美满生活写成词，字里行间，皆是他对周娥皇的真情。

一斛珠

晓妆初过，沉檀轻注些儿个。向人微露丁香颗，一曲清歌，暂引樱桃破。　罗袖裛残殷色可，杯深旋被香醪涴。绣床斜凭娇无那，烂嚼红茸，笑向檀郎唾。

李煜笔下的周娥皇，是一副娇俏大胆的模样。她知道夫君宠爱自

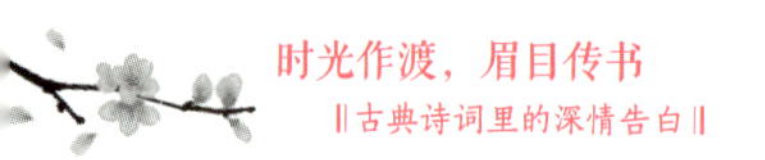

己，便毫无顾忌地向李煜撒娇。和周娥皇在一起的日子，李煜常常兴致勃勃，出口成词，才气斐然。

若他们只是一对寻常夫妻，或许后来的故事会简单幸福许多。可惜，他们一个是王，一个是后，而他们的国家，正处于风雨飘摇、四面楚歌之中。

此时，大半个中原，已被宋太祖赵匡胤占领，富庶的南唐，便是赵匡胤的下一个目标，随时有被吞并的可能。周娥皇为此忧心忡忡，时常劝李煜早做应对之策。她不愿看到战火四起，更不愿看到南唐百姓生灵涂炭。然而，李煜只愿沉浸在闲适的生活里，恬淡的个性让他理所当然地觉得，赵匡胤不会对南唐发动进攻，甚至觉得周娥皇有些杞人忧天。劝谏的话听得多了，他难免厌烦，渐渐对周娥皇有些疏远。

不久之后，他们最疼爱的小儿子仲宣突发疾病夭折，周娥皇伤心过度，一病不起，几个月后便香消玉殒。

据说周娥皇离世前，自知命不久矣，便与李煜悲伤告别："婢子多幸，托质君门，冒宠乘华，凡十载矣。女子之荣，莫过于此。所不足者，子殇身殁，无以报德。"说罢，周娥皇亲手将元宗所赐的烧槽琵琶和一直戴在臂上的玉环交给李煜留作纪念，又作书要求李煜薄葬自己。几日后，周娥皇便于瑶光殿溘然长逝。

李煜与周娥皇的婚姻，幸福却又短暂。周娥皇死后，李煜时常睹物思人，痛断肝肠。

谢新恩

秦楼不见吹箫女，空余上苑风光。粉英金蕊自低昂。东风恼我，才发一衿香。　　琼窗梦留残日，当年得恨何长！碧阑干外映垂杨。暂时相见，如梦懒思量。

一首为周娥皇所写的悼亡词，忧思绵长，满是无奈的惆怅。没有周娥皇在身边，再好的风景都显得多余，令人无心观赏。李煜甚至有些怪罪恼人的东风，不解他此时惆怅的心情，偏偏要在这孤独寂寞之时，吹开满苑的春花，让人染上一身花香。

往日美好，如今不能重现。越是短暂的爱情，越是刻骨铭心，李煜无论如何也忘不了周娥皇离世时的样子，越思量，越痛苦难当。

周娥皇死后，李煜谥其为“昭惠”，将其葬入懿陵。佳人已去，曾经的音容笑貌，徒留一地思念。周娥皇正值盛年，却突然离世，有人说，她的死，并非只因儿子夭折而伤心过度，而是另有原因。

据说，李煜手下有一位名叫林仁肇的武将，一次，林仁肇因军情而进宫面圣，不巧李煜不在朝中，林仁肇在宫中等待时，正巧碰到周娥皇。周娥皇对林仁肇早有耳闻，便不知不觉多看了他几眼。

周娥皇的举动正巧被李煜看到，他心生不快。有人说，李煜就是因此开始冷落周娥皇，后来又借赵匡胤的反间计杀了林仁肇。

这一说法，未免将李煜说得过于小肚鸡肠。生性浪漫的李煜，也是一名用情至深之人。他不同于其他君王，没有后宫佳丽三千，与周娥皇婚后的那十年，将大部分情感都用在周娥皇身上，更不至于因为周娥皇多看了下属几眼便心生嫉妒。

或许世人不忍心这样一个容貌、才情、贤淑兼备的王后就这样无端离世，于是，便将周娥皇的死因归咎在了她的亲妹妹，也就是后来的小周后身上。

年轻貌美的小周后，正是在周娥皇生病期间入宫的。据说，小周后入宫，是周家的主意。周家担心周娥皇命不久矣，恐王后之位旁落他族，影响家族利益，便将小女儿送入宫中。

风华绝代的小周后一出现，顿时吸引了李煜。她和姐姐一样美丽，也像姐姐一样多才多艺。当周娥皇得知妹妹入宫，只能独自咽下苦水，黯然神伤。也许正是亲情与爱情的双重打击，让才情高绝的周娥皇心如死水，郁郁而终。

脸慢笑盈盈，相看无限情

周娥皇与李煜成婚那一年，小周后年仅五岁。随着时光流逝，当年那个懵懂未开的小女孩，已出落成十五岁的少女。小周后的美貌丝毫不逊于姐姐，是闻名天下的美人。她的出现，理所当然地引发了李煜心中那翻江倒海的儿女情长。

他们第一次相见，是在一个美妙的午后。那一日，李煜步入瑶光殿的画堂，四周一片静谧，他掀起竹帘，却惊讶地发现绣榻之上有一个窈窕少女正在午睡。

她的秀发乌黑浓密，如同黑色的锦缎，顺滑地铺洒在绣榻上，一缕缕淡淡的幽香从她所在的方向传来，纵然身为君王的李煜见过不少佳人，也不禁为她心醉。

李煜一不小心碰响了珍珠装饰的门环，惊扰了佳人好梦。她从睡梦中缓缓醒来，乍一见到李煜，却毫无惧色，反而面露盈盈笑意。两人就这样在静谧中相顾无言，四目相对许久。

过了许久，李煜才缓过神来。他知道面前的女子是周娥皇的亲妹妹，找了个借口匆忙告辞。可是，她的笑颜却始终浮现在李煜眼前，挥之不去。

那日初见之后，李煜便沦陷在她的笑容里，笔下的词，开始出现她的身影：

菩萨蛮

蓬莱院闭天台女，画堂昼寝人无语。抛枕翠云光，绣衣闻异香。　　潜来珠锁动，惊觉银屏梦。脸慢笑盈盈，相看无限情。

这首词写好之后，李煜立刻派人送给小周后。十五岁的少女，因这样一首情意绵绵的词而情窦初开，一场缠绵悱恻的恋情，即将发生。

那一日，李煜派人为小周后送去一袭绿纱裙，里面还藏了一张字条，他约小周后夜半时分出门与其相会。李煜几乎可以想象到，小周后收到这张字条之后那惊慌、娇羞、欣喜的模样。他确信，夜半时分，小周后一定会出现在相约的地点。

如李煜预料的那样，三更一过，小周后便趁着朦胧的月色出了门。那样静谧的夜晚，脚下的金缕鞋踏在地面的声音那样清晰，让小周后有些心惊。为了不惊动宫人，她索性将鞋脱下来，提在手上，只穿着罗袜，一步一步乘着袭人的花香迈上香阶，步入红罗小亭。

李煜早早便等候在那里，他向小周后敞开怀抱，小周后轻轻依偎在李煜怀中，因为紧张，身体还在微微地颤抖。这般娇羞的模样，更让李煜爱怜。

那一夜的幽会，让李煜久久难忘，沉浸其中。第二天，他便将昨日情形落于笔墨，反复回味：

菩萨蛮

花明月暗笼轻雾，今宵好向郎边去。刬袜步香阶，手提金缕鞋。　　画堂南畔见，一向偎人颤。奴为出来难，教君恣意怜。

那次深夜幽会后不久，李煜便纳其为后。自此，小周后无论从身份上，还是情感上，都填补了姐姐的空缺，与李煜之间越发恩爱。他们遍赏金陵美景，花前月下，吟诗作对。这段轻松自在的生活，也是两人少有的幸福光景。

李煜几乎每天与小周后厮守在一起，至于国事，他本就不十分在意。

小周后被册立为后后不久，李煜便下旨工部，在他们初次幽会的地方建造一座巨大的花房。花房之中，陈设着各式造型独特且价格不菲的盆钵，里面栽种了各类名花香草，花房之外，陈设着越州的秘色瓷。

这般名贵的瓷器，不仅被摆放在花房之外，内房和阶砌也被摆满。

那是怎样一种奢华的布置？浑然不知的李煜，被小周后蒙着眼睛，牵着手，一步一步引入花丛。眼睛看不到，嗅觉便格外敏感，李煜只觉得一阵花香沁入肺腑，顿觉心旷神怡。小周后撤开蒙在李煜眼前的手，眼前的景色顿时惊呆了李煜。

他面前繁花似锦，花香氤氲。秘色瓷花瓶，散发着晶莹如翡翠般的光泽，那一刹那，李煜有些恍惚，几乎分不清自己所处的是仙境还是人间。

小周后在李煜身边轻声娇笑着，这才让李煜回过神来。他仔细地品赏着这座花房，小周后的巧思，不仅体现在用秘色瓷做花瓶，她还在花房的后苑花丛中，命人修建了几处仅能容纳二人对坐的小巧花亭。

花亭的顶盖、四柱和底座，均以紫檀木作架，以销金红罗罩壁，白银钉玳瑁嵌压，又以绿钿刷隔眼，糊以红罗。这番精心布置，让李煜欢喜得很。

小周后了解自己的美，更知道如何装扮会让自己更美。绿色最衬她的容貌，于是，她的衣饰便多是青碧色的。每当她头绾高髻，身着绿色纱衣，便宛如飘逸绝尘的天外飞仙，惹得宫中妃嫔纷纷效仿。有的宫女为了得到一件心仪的绿衣，甚至会亲自动手为绢帛染色。

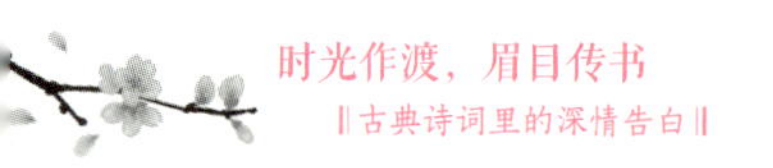

曾经有一名宫女将染好的一匹绿色绢帛晒在宫苑内。因为忘记收取，绢帛被夜里的露水打湿。第二日一早，宫女匆忙出来查看，却发现那绢帛的颜色竟格外鲜明，李煜与小周后也觉得那颜色极好。自此以后，妃嫔、宫女都争相以露水染碧为衣，有人为这颜色取名“天水碧”，民间百姓也开始纷纷效仿。

小周后实在懂得如何取悦这位浪漫的国主，李煜喜欢音律，当年大周后的琵琶曲，曾让李煜赞不绝口。小周后与姐姐一样擅长音律，只不过，她擅长吹笛。被册封为后之前，小周后曾以一曲笛声牵动了李煜的柔情。

那是在一场宫宴上，小周后吹奏出清脆的笛音，她那洁白纤细的手指，在横笛上灵活地移动着。她吹奏的是自己新谱的乐曲，一边吹奏，一边秋波流转，眼中的情愫借着笛声与李煜的眼神交织在一起。

那时的他们，尚未彼此表露爱意，宫宴结束后，李煜一想到万般柔情蜜意马上成空，魂思便已被小周后带走。他如同沉浸在一场春梦中，在词中写下了自己的迷茫之情：

菩萨蛮

铜簧韵脆锵寒竹，新声慢奏移纤玉。眼色暗相钩，秋波横欲流。　雨云深绣户，未便谐衷素。宴罢又成空，梦迷春雨中。

好在，小周后最终成了李煜的妻子，他们的柔情蜜意每一天都是真实的。

小周后喜欢焚香，自己也擅长制香。她的寝殿里，每天都香气袅袅。一日，小周后忽然灵光一现，想到用鹅梨蒸制沉香，再置于帐中。那香气中果然弥漫着一股甜味，令人闻之心醉。小周后亲自为这种香取名为“帐中香”。

这般享受生活的情调，实在与李煜不谋而合。小周后擅长制香，李煜则擅长“制妆”。他将“茶油花子”制成大小、形状各异的花饼，令宫中嫔妃皆淡妆素服，缕金于面，将花饼施于额上，还为这种妆容命名为“北苑妆”。

自从李煜发明了这种妆容，宫中嫔妃个个都舍去了浓妆艳饰，只穿素衣，鬓边装饰着金饰，额头施以花饼，行走起来，宛若广寒仙子，别具风韵。

李煜似乎有大把时间陪伴小周后。他们时常凑在一处，研究各种享受人生的奇思妙想。他们曾将茶乳做片，制出各种香茗，烹煮起来，清香扑鼻。

李煜与小周后，都是极在意生活情调的人。精致且奢华的生活，需要大量的金钱来支撑，于是，南唐国破之前，他们尽情挥霍。

为了防止夜间点燃的蜡烛熏扰了“帐中香”的香气，他们索性用夜明珠取代蜡烛照明。在他们的寝殿里，挂满了大小各异的夜明珠，大的有玉碗般大小，小的也有鸡蛋大。每到夜晚，夜明珠将宫殿照耀得如同白昼，这般极致的奢华，也是李煜和小周后人生中最后的奢侈。

李煜与小周后的恩爱，令宫中嫔妃羡慕不已，在风华绝代的小周后面前，万千佳丽都失去了颜色。

南唐后宫之中，从不缺少美貌与才艺并重的女子。书法字画境界颇高的黄保仪的父亲是南楚军中勇将，在与南唐交战中丧生。南唐大将边镐将年幼的黄保仪带入宫中，她在宫中逐渐长大，姿色日益出众，李煜即位后，便将其纳入后宫，并封为“保仪”。

宫娥流珠，曾被大周后视为知己。她与大周后都弹得一手好琵琶，大周后所作的《邀醉舞破》与《恨来迟破》二曲，唯有流珠懂得其中的精妙之处。大周后离世后，这两首曲子逐渐被人淡忘，唯有流珠时常弹奏。每当李煜思念大周后，便会召流珠前来弹曲。流珠弹奏琵琶时，颇有大周后神韵，李煜常常迷失在她那酷似大周后的神态与琴声里，久久失神。

宫娥薛九，擅长演唱李煜填词的《嵇康曲》。她唱腔圆润，又别出心裁，效仿大周后的舞姿，创编《嵇康曲》舞。她唱得潇洒，舞得风流，将嵇康不羁于世的风格表现得淋漓尽致，让李煜对她刮目相看。

宫娥乔氏知晓李煜诚心礼佛，便数年如一日，埋头抄写佛经，送给李煜。李煜见她抄写的佛经字字用心，便亲手书写了一卷《般若心经》回赠。

宫嫔窅娘，能歌善舞，犹如飞燕再世。因为有回鹘人的血脉，窅娘长着一双琥珀色的眼睛。精致的面容，微卷的头发，让她的存在成为南唐后宫中的一抹异色。李煜最爱窅娘那双如同猫眼石一般晶亮的眼睛，每当窅娘翩翩起舞，便让李煜感觉如临仙境。他还特意为窅娘打造了一朵六尺高的黄金莲花，让窅娘在莲花上起舞，惊艳众生。

然而，即便南唐后宫佳丽姿色万千，皆不如小周后嫣然一笑。自从小周后入宫，宫中其他嫔妃几乎再没有晋升过位号，所有嫔妃在小周后面前都要毕恭毕敬。

声色犬马的宫廷生活，让小周后享受着身为国后的最大荣宠。然而，在大宋的勃勃雄心之下，南唐江山日渐颓败，宫廷中的最后一抹绚烂，也即将熄灭。

往事只堪哀

身为统治江南繁华富庶之地的国主，李煜享尽世间荣华富贵，拥有人间美色佳人。那是何等奢侈逍遥的人生。当一朝兵败亡国，从国主沦为囚徒，他的处境又是何等凄凉。

公元974年，北宋向南唐发动了全面进攻，次年攻克了金陵。李煜为了不使金陵成为生灵涂炭的战场，肉袒出降，换取了金陵百姓的平安。

破阵子

四十年来家国，三千里地山河。凤阁龙楼连霄汉，玉树琼枝作烟萝。几曾识干戈？　　一旦归为臣虏，沈腰潘鬓消磨。最是仓皇辞庙日，教坊犹奏别离歌，垂泪对宫娥。

写下这首沉痛的《破阵子》，签下降表之后，李煜被押解北上汴京。他对着祖宗的牌位痛哭流涕，作为一名断送了江山的亡国之君，他愧对列祖列宗，愧对锦绣山河，愧对黎民百姓，可是，以他卑弱的个性，只能“垂泪对宫娥”。

宋太祖赵匡胤封李煜为“违命侯”，曾经奢华精致的生活一去不返，李煜只能在屈辱中过起了囚徒生活。

乌夜啼

无言独上西楼，月如钩。寂寞梧桐深院锁清秋。　　剪不断，理还乱，是离愁。别是一般滋味在心头。

李煜只想做一名闲散君王，残酷的现实却不容许他安逸。成为囚徒之后的他，形单影只，默默无语，带着满腔无处倾诉的孤寂与凄婉，独登西楼。他仰望夜空，如钩的残月，见证着人间无数悲欢离合，此时又勾起了他的离愁别恨。

庭院中原本茂密的梧桐叶，已被无情的秋风扫荡殆尽，只剩下光秃秃的树干和几片残叶在秋风中瑟缩。被锁于高墙深院中的李煜，有思乡的情，亡国的恨，一个“愁”字，根本说不完他的痛苦与悲伤。

作为一名亡国之君，荣华富贵已成过眼云烟。当阅尽人间冷暖、世态炎凉，经受了国破家亡的痛苦折磨，李煜心头只剩下难以排遣的愁苦悲恨。

囚徒的日子，没有欢乐，只有惊悸、忧虑、愤郁。这些情绪，都只能憋在心里，不敢有丝毫流露，有时，为了活命，还不得不在敌人面前强颜欢笑。

小周后与李煜一同被俘入北宋汴京，被封为“郑国夫人”。小周后的陪伴，给了李煜活下去的勇气。富贵荣华，都是黄粱一梦，他索性就当自己是活在梦里吧。

浪淘沙令

帘外雨潺潺，春意阑珊。罗衾不耐五更寒。梦里不知身是客，一晌贪欢。　　独自莫凭栏，无限江山。别时容易见时难。流水落花春去也，天上人间。

就在李煜和小周后被软禁的日子里，北宋朝廷也不太平。宋太祖赵匡胤在“烛光斧影”中不明不白地驾崩，他的弟弟宋太宗赵炅即位。

当年十一月，宋太宗改封李煜为“陇西郡公”。宋太祖在位时，对李煜还算得上以礼相待，宋太宗即位后，却时常对李煜进行言语侮辱，使李煜十分难堪，却不敢面露不快，更无力保护他心爱的小周后。

次年元宵佳节，各命妇循例入宫恭贺，小周后也在其中。不料，小周后入宫之后，一连数日不见回来，李煜急得在家中团团转，想要去宫门前询问，又碍于囚徒的身份不能私自外出，只能在家中唉声叹气，眼巴巴地盼着小周后回来。

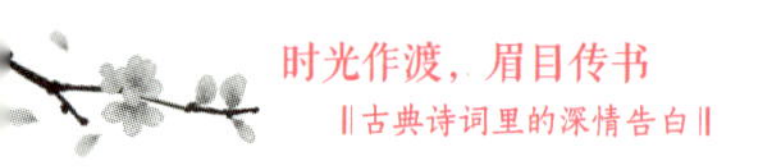

直到正月将尽，小周后才从宫中被放出来。李煜见到小周后悲喜交加，像他这般细心的人，不可能看不出小周后花容憔悴，却又不敢直接询问。

直到回到卧房，李煜才赔着笑脸，问小周后为何这么多天才出宫。小周后一声不吭，扑在床上掩面而泣。李煜的心揪在了一处，他知道，小周后入宫这么多天，一定发生了什么难以启齿的事情。

他不敢再问，既怕让小周后更伤心，又怕听到让自己难堪的事情。李煜将小周后搂在怀中，柔声安慰，小周后再次放声痛哭，大骂李煜。她责怪李煜当初只图享乐，不懂治国，致使国破家亡，他自己成为俘虏不说，还要连累她受尽屈辱。

那骂声传出房门，府中的下人听得一清二楚。李煜心中明白了一切，不敢还口，只能默默转过头去，忍受小周后的责骂。

乌夜啼

林花谢了春红，太匆匆。无奈朝来寒雨晚来风。　胭脂泪，留人醉，几时重。自是人生长恨水长东。

曾经那些极尽缠绵的词句，如今变成了忧伤的悲叹。曾经的小周后，就像树林间那朵最娇艳的红花，可是，花儿怎么能经得起凄风寒雨的昼夜摧残呢？她脸颊上的胭脂和着泪水流淌，让李煜看得心痛。

他一首又一首地填写思念故国的词句，表达自己的丧国之痛，又寄托爱妻遭受侮辱之恨。

喜迁莺

晓月坠，宿云微，无语枕频欹。梦回芳草思依依，天远雁声稀。　　啼莺散，余花乱，寂寞画堂深院。片红休扫尽从伊，留待舞人归。

他在词中写了太多对故国和往事的思念，终于让宋太宗起了杀心。宋太宗深知李煜才华过人，他的这些动人心弦的词句早已被四处传唱，尤其是曾经的南唐百姓，吟唱着这些亡国之词，难免萌生收复故土的念头。

公元978年的七夕之夜，刚好是李煜四十二岁的寿辰。李煜在汴京的府邸中张灯结彩，众人为他庆生，席间的氛围却有些凄凉。

回想起曾经的歌舞欢宴，眼前的寥落景象触动了李煜的愁肠：

虞美人

春花秋月何时了，往事知多少。小楼昨夜又东风，故国不堪回首月明中。　　雕栏玉砌应犹在，只是朱颜改。问君能有几多愁，恰似一江春水向东流。

回想曾经君王才子风花雪月的生活，再看看沦为亡国之奴后的屈辱，巨大的落差让李煜心力交瘁，无穷无尽的仇恨，如同江水在他胸膛中翻滚激荡。

这首满是哀怨愁苦的词传到了宋太宗耳中，他终于忍无可忍，暴

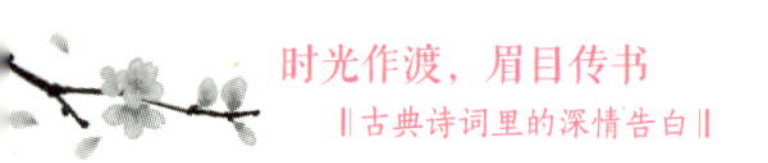

跳如雷。当天晚上，宋太宗便派人为李煜送去了“牵机药”，李煜毫不知情地喝下了搀着毒药的酒，到了夜间，毒性发作，无比痛苦地死在了小周后的怀中。

宋太宗虚情假意地下诏赠李煜为太师，追封其为吴王，并废朝三日，遣中使护丧，赐祭赐葬，葬于洛阳邙山。一代词宗，人生就此落幕。

李煜死后，小周后失魂落魄，终日以泪洗面。几个月后，她便在悲苦与绝望中香消玉殒。

李煜与小周后，曾共享荣华，也共患难。最终，小周后与她心爱的夫君同生共死，在另一个世界相见。

伤心桥下春波绿，曾是惊鸿照影来

陆游与唐琬：你一笑，我就醉了

陆游与唐琬之间凄美的爱情故事家喻户晓，《钗头凤》成为他们爱情悲剧的见证，那词中之意，道尽了他们之间的深情，也诉尽了深情背后的无奈。

给不了的天长地久

古代夫妻，最难得的便是两情相悦。在那个父母之命、媒妁之言的年代，有情人终成眷属，该是何等幸运？陆游与唐琬，便曾经是这样一对幸福的情侣。

他们的婚姻，始于门当户对。陆游的父亲，曾任转运副使；唐琬的父亲，曾任郑州通判，祖父是北宋末年鸿胪少卿唐翊。

出生于书香世家的唐琬，自幼文静灵秀，容貌出众，是当地小有名气的才女。她与陆游，似乎从少年时便相识，相伴度过了一段纯洁

无瑕的美好时光。青梅竹马的两个人，随着年龄的增长，彼此心中都生出一种萦绕心肠的情愫。

或许，他们也曾借诗词互诉衷肠，那样美好的一对璧人，两家父母都认为他们是天造地设的一对，于是，一段美好的姻缘便顺理成章地开始了。

世人皆以为，才子与佳人的婚姻，会一直幸福下去。就连陆游与唐琬都一度觉得，他们会你侬我侬，直至海枯石烂。他们陶醉于新婚的甜蜜之中，能看到的，只有眼前人，能想到的，只有与彼此有关的事情。

这对新婚夫妇，无论做任何事，总要腻在一处。春日，他们到沈园赏花；夏日，他们去镜湖泛舟；秋日，他们采菊做枕；冬日，他们踏雪寻梅。有时，陆游与唐琬在郊外玩到更深夜静，便索性不回家，到渔村人家中投宿。

或许没有人能够理解，一对夫妻竟因为过于恩爱，导致劳燕分飞的结局。

古时的父母，似乎并不关心儿子与儿媳之间是否有真正的爱情，他们更在意的是，娶进家门的女子是否足够贤惠，是否能够敦促夫君求取功名。有些父母甚至还会刻意要求儿子与媳妇不要整日腻在一起，在他们眼中，大丈夫与妻子太过恩爱，是没出息的表现。

陆游的母亲便是这种观念的拥趸者，她认定，自己的儿子不应困守在家乡这一隅之地，而应该在庙堂之上有所作为。

可那时的陆游偏偏是个不听话的儿子，他爱唐琬，爱得轰轰烈烈，缠缠绵绵。如此一来，陆母便将一切不满都加在了唐琬身上。

陆母认为唐琬太不懂事，整日缠着夫君，这才让夫君耽误了学业。于是，她找来唐琬，以婆婆的立场对唐琬大加训斥，责令唐琬应以夫君的科举前途为重，淡薄儿女之情。

然而，陆游与唐琬情意缠绵，夫妻二人时常在书房中吟诗作画，陆母见儿子不肯专心致志地读书，越发对唐琬心生怨怼，认为是唐琬耽误了陆游的前程。

陆游成婚之前，曾两度参加科举，皆名落孙山。陆母望子成龙，将振兴陆家的全部希望寄托在陆游身上，思来想去，为了让儿子专心学业，陆母决定棒打鸳鸯。

婚后三年，唐琬没能给陆家生下一男半女，这便成为唐琬最大的罪过。陆母以此为理由，要陆游休妻，陆游割舍不掉与唐琬的恩爱，陆母便又心生一计。

一日，陆母来到郊外无量庵，请庵中尼姑为儿子与儿媳卜算命运。尼姑一番掐算之后，煞有介事地说陆游与唐琬八字不合，若不肯斩断情丝，最终性命难保。陆母回家后，立即强令陆游休妻。陆游虽心如刀绞，却不敢违逆态度坚决的母亲。

母命难违，陆游只得将唐琬送回娘家。一对情深意切的夫妻，就这样被虚妄的八字命运活活拆散。然而，那样深厚的情感，哪能轻易斩断？陆游在别处寻了一座宅院，悄悄地将唐琬安置在那里。只要一有空闲，陆游便前去与唐琬相会。无奈纸包不住火，陆母发现后，强逼陆游与唐琬断绝来往，并为陆游另外安排了一门婚事，要他娶王氏女子为妻，彻底斩断了陆游与唐琬之间的情丝。

据说，在分别时，陆游将一枝竹节海棠送给唐琬。相传，曾有一位佳人，因思念自己的心上人而挥泪如雨，泪水打湿了脚下的土地，第二日，这片土地上长出了一棵草，开出的花妩媚动人，色如妇人面。人们称这花为“相思红”，也称其为“断肠花”，陆游是在借竹节海棠“相思红”，向唐琬表达自己的相思之情、眷顾之意。

岁月如沙漏，当历经人世沧桑，那段没能圆满的爱情，依然令人唏嘘。世人责怪陆游对母亲愚孝，怪他不能把握当下的幸福，对那样好的女子负了心。于是，再多的事后深情，也都显得那样苍白无力。

做不到的一别两宽

转身诀别的那一刹，过往的幸福都在嘲笑着心中的疼痛。纵然世人不理解陆游对待爱情的懦弱，却或多或少能对他与挚爱分别的痛苦感同身受。

陆游与王氏成婚后，很快便有了子嗣。在陆母心目中，王氏温柔本分，又能为陆家延续香火，是最完美的儿媳人选。然而，在陆游心中，唐琬成了那颗触碰不得的“朱砂痣”，即便偶尔想起，都会心痛难耐。

他听说，唐琬也在父母的安排下另嫁他人。那人名叫赵士程，是南宋皇家宗室，嗣濮王赵仲湜第七子，也是个俊雅宽厚而又重情的读书人。

赵士程与陆游算是相识，他曾与几位文友到陆游家中做客，与唐琬有了一面之缘。那时，赵士程便欣赏唐琬的知书达理、落落大方，却并未想过他们此生竟还会有更深入的交集。

或许，陆府中的惊鸿一瞥，便已让赵士程对唐琬一见钟情。然而，身为皇族后裔，他自幼受翰墨书香与门庭礼节的熏陶，是真正的谦谦君子，友人的妻子，他不能觊觎。

纵然有情，也只能错过。知书达理的赵士程，深知陆游与唐琬伉俪情深。在他心中，唐琬便成了一缕不可触及的春风，是可念不可说的美好。

赵士程与唐琬的第二次见面，是在郊外的庵堂里。那一日，陆母带着唐琬来到庵堂中上香，当地的一个恶少觊觎唐琬美色，便勾结尼姑，哄骗唐琬独自来上香。唐琬不知有诈，便如约前来，不料，唐琬一进禅房，那恶少便冲出来欲行非礼之事。

此事刚好被赵士程撞见，他及时赶走恶少，救出了唐琬。唐琬因赵士程救了自己而心生敬意，并未预料到，之后两人之间的缘分不止于此。

自从赵士程的原配妻子离世后，登门提亲的人几乎踏破了门槛，却没有一人能将他打动。直到媒人口中出现了唐琬的名字，赵士程终于不再犹豫，他决定，余生，他将成为那个呵护唐琬的人。

皇室宗亲迎娶被婆家休过一次的女子，可想而知，赵士程顶着多大的世俗压力。不过，赵士程不在乎。

新婚之夜，赵士程面对唐琬，毫无芥蒂，满眼爱怜。逝去的情

爱，已足够令她伤情，所以，他要尽力抚平她心间的每一处折痕。

婚后，赵士程竭尽全力地呵护着唐琬，给她最好的生活，也尽力满足着唐琬的精神需求。他们闲暇时一同唱和诗词，漫步山野园林，渐渐地，唐琬终于走出了上一段感情的阴影，一度紧锁的眉头也终于舒展开来。

最好的爱情，是用对方想要的方式去给予。赵士程用自己的温润与宽厚，将唐琬滋养成了一个幸福小女人的模样，他知道，唐琬与陆游是被迫分开，于是，他豁达地允许唐琬在她心底留出一个属于她自己的角落，将与陆游之前的真情妥帖地安置在那里。

赵士程自信可以给唐琬最极致的呵护，也相信那些尘封在她心底的往事，可以在他的疼爱下渐渐散去。

平淡的光阴，并非命运的馈赠，而是赵士程打算用一生送给唐琬的礼物。婚后十年，唐琬早已从伤痛中走出，眼前之人，虽并非她最初所爱，但在他的身边，她就能感觉无限安宁。

陆游与唐琬，一个另娶妻室，一个另嫁他人，曾经情深，已成往事，若此生不复相见，或许他们将在平行世界里继续各自的欢喜。然而，十年后的一场相遇，却打乱了他们生活的平静，尤其是陆游，他发觉，一别经年，唐琬已深深地扎根在自己心里，他给不了唐琬想要的幸福，如今的唐琬，似乎已经拥有了属于她的欢喜，而陆游，却终究做不到一别两宽。

与唐琬分开后，陆游不得不收起满腔幽怨，在母亲的督教下重操学业，终于在科考中博得了考官陈之茂的赏识，被荐为魁首。但秦桧的孙子也在当年应考，陈之茂将陆游擢为第一，让当朝丞相秦桧大怒。于是，第二年春天的殿试中，陆游的试卷被秦桧找了个借口剔除。

陆游失落地返回家乡。因为胸中愁情满溢，陆游仿佛行走在人间的游魂，不知不觉间，便又来到那座熟悉的沈园。

这里是陆游当年经常与唐琬同游的地方，每次来到这里，都是繁花竞妍的时节。陆游木然地看着满园繁花，心中却感受不到丝毫喜悦。他丢失了这人世间最宝贵的东西，心底的那一处空缺，怎样也无法填满。

当陆游行至园林深处的幽径，一袭熟悉的身影猝然间与他不期而遇。面前那个仪态万方的女子，分明是无数次在梦中出现的唐琬。那一刹那，陆游不敢相信自己的眼睛，他以为是自己思念太盛，以至于出现了幻觉。

然而，唐琬眼神中的情愫太过真实，太过复杂，终于让陆游相信，眼前的唐琬不是幻影，而是一个活生生的人。

对于唐琬而言，陆游的突然出现，硬生生将她心底那道好不容易愈合的伤疤撕开了口子，疼得她几乎站立不稳，只得勉强压制自己的情绪，尽量让神情平静。

悲伤、惊讶、尴尬、欢喜……无数种情感在两人心中交织，那一瞬，漫长得仿佛一个世纪。久久地对视之后，最终还是唐琬先恢复了理智。这次她与赵士程相伴同游沈园，那个给予她多年宠爱与呵护的人，就在前方不远处。有些早已斩断的旧情，没有必要再提，唐琬轻轻向陆游施礼，端庄地从他身边擦肩而过。

情爱本就是一场劫，看到唐琬不知所措的模样，赵士程立刻心知肚明，往事留在唐琬心底的疤，终究是没能愈合。

赵士程命下人为陆游送去几碟小菜与黄酒，又同意唐琬亲自向陆游敬一杯酒。这一杯酒，是对往事的告别。一滴泪滑过眼角，唐琬并不去擦。一杯酒饮下，唐琬款款施礼，没有过多言语，礼貌告辞。

她已有对自己呵护备至的夫君，他已有温柔贤淑的妻子，纵然有情，终究无缘，往日的甜蜜，就留给曾经吧。

陆游再也无心赏景，默默转身，准备离开沈园。多少痴怨缠绕在心头，让陆游感慨万千，他终究还是按捺不住，提笔在沈园的粉壁上题了一阕词：

钗头凤

红酥手，黄縢酒，满城春色宫墙柳。东风恶，欢情薄，一怀愁绪，几年离索，错、错、错。　　春如旧，人空瘦，泪痕红浥鲛绡透。桃花落，闲池阁，山盟虽在，锦书难托，莫、莫、莫。

几行词句，足以让心头滴血。那是对爱的追忆，也是对现实的控诉。棒打鸳鸯的陆母，或许便是那恼人的“东风”。陆游与唐琬，皆是封建礼教的受害者。他们原本都没有错，错就错在，不该在重逢之后，又用词句彼此招惹。

转眼又是一年春天，唐琬又一次重游沈园。陆游题在粉壁上的词句，经过风吹雨淋，已变得斑驳难辨，但唐琬还是一下子认出了陆游的笔迹，她仔细地辨认着那斑驳的词句，每读一句，悲痛便加深一分。

当年，陆家以一支精美无比的家传凤钗作为信物，定下了陆游与唐琬的亲事，那凤钗是这段婚姻的见证，既见证了他们的甜蜜，也见证了他们的别离。

光是《钗头凤》三个字，就足够令唐琬伤心。她反复吟诵着词句，想起往日与陆游诗词唱和的场景，不由得泪流满面，心潮起伏。一种说不出的情感在心头汹涌，唐琬也按捺不住，据说她当时提笔在陆游的词后另题了一阕词。

钗头凤

世情薄，人情恶，雨送黄昏花易落。晓风干，泪痕残，欲笺心事，独语斜阑，难，难，难。　　人成各，今非昨，病魂常似秋千索。角声寒，夜阑珊，怕人寻问，咽泪装欢，瞒，瞒，瞒。

世间情事太薄，人间心事太恶，封建礼教支配下的世故人情，令唐琬愤恨至极。那是害人的礼教，多少女子，都曾遭受这礼教的摧残，唐琬自己便是在这样的摧残之下，一度落得悲惨的处境，仿佛黄昏阴雨时的花，遭受风吹雨打而凋零。

无数个夜晚，唐琬都在暗自垂泪。至天明时分，那流淌了一夜的泪水怎么擦也擦不干，泪痕仍在脸颊，无声地诉说着心底无休止的悲痛。

无论如何，他们再也回不到最初，满腔愁苦，只能斜倚栏杆，沉思独语。千种仇恨，万种委屈，合并成一连三个“难”字，表明她究竟承受了怎样深重的痛苦。

当初改嫁，唐琬度过了最煎熬的一段时光。她生怕夫君看出自己对陆游的思念，就连悲哀和流泪的欲望都压抑下来，只能暗自伤心。多少个无眠长夜，唐琬孤独地聆听着窗外凄冷的号角声，就这样一夜夜挨过去，不知这孤寂的人生，何时才是尽头。

因为害怕夫君担心，她时常忍住泪水，装作高兴的样子，对陆游的一往情深，在赵士程面前，只能一瞒再瞒。

曾经的情真意切，再也找不回。唐琬是发自内心地深爱着陆游的，无奈造化弄人，以至劳燕分飞。她也并非不爱赵士程，只是那份爱与对陆游的爱相比，总缺了些什么，或许，是少了青梅竹马的缘分，所以便少了一些刻骨铭心。

梦不尽的前尘往事

自从那一日在沈园看到陆游题的词，唐琬的心绪就再难以恢复平静。唐琬回到家中，反复品味着陆游的词，她追忆似水的往昔，叹息无奈的世事，从此，她整日忧郁不已，感情的烈火时刻煎熬着她本就柔弱的身体，致使她日渐憔悴，抑郁成疾，一病不起。

唐琬病倒后，赵士程从未责怪，只有心疼。他衣不解带地守护在唐琬身边，请来最好的大夫为唐琬诊病。可惜，赵士程的一腔真爱，没能为唐琬续命。在赵士程怀里，唐琬永远地合上了双眼，在那个秋意萧瑟的时节，唐琬终于化作一片落叶，悄悄随风逝去。

她留下的那首《钗头凤》，诉尽了对陆游的无限思念，陆游得知唐琬的死讯，再看到她留下的词，悲痛欲绝，心灵遭受深深的创伤，终生难以释怀。

从此以后，沈园成了陆游对唐琬思念的承载，也成了他的魂牵梦绕之地。唐琬在陆游的生命里留下难以磨灭的痕迹，她死后，陆游一次次梦游沈园，也无数次重返故地，追寻往昔的爱情。

唐琬离世后，赵士程强忍悲痛，安葬了唐琬，从此心如死灰，终生未再娶。这一场姻缘，耗尽了赵士程全部的爱，他没有再续弦，或许他觉得，将任何一个女子拖进一段无爱的婚姻，都是对人家的辜负。

赵士程也曾无数次劝说自己，不要沉浸在悲伤里。可是，有些伤痛只有时间才能治愈，赵士程只能守着唐琬的遗物，静静地等着光阴流逝。

三年，那是赵士程用来疗愈伤痛的时间。三年后，北方战事再起，身为皇室宗亲的赵士程奔赴战场，为国捐躯。

可叹唐琬，将性命交付给了一段不值得她魂牵梦萦的情感。她已拥有令世间女子艳羡的幸福，却沉溺于旧情中，没能学会淡忘，也没能珍惜当下，更没能为值得的人和事付出。

每逢春日，繁花似锦的沈园总是对外开放，赵士程却再未来过。反而是陆游，每逢沈园对外开放，必入园中凭吊。

陆游六十三岁时，有人送来一对菊花枕。他想起与唐琬新婚燕尔时，曾经采菊花作枕，并作《菊枕诗》一首，当年传诵一时。那是多么甜蜜的回忆，如今睹物思人，只觉伤怀：

余年二十时尝作菊枕诗，颇传于人，

今秋偶复采菊缝枕囊，凄然有感

其一

采得黄花作枕囊，曲屏深幌閟幽香。

唤回四十三年梦，灯暗无人说断肠。

其二

少日曾题菊枕诗，蠹编残稿锁蛛丝。

人间万事消磨尽，只有清香似旧时。

四十三年的幻梦，思念藏于心底，悲怆无处安放，所有美好的东西都被消耗殆尽。前尘如梦，知音不再，前缘难续。陆游的刻骨之悲，就定格在诗句中。

绍熙三年（公元1192年），六十八岁的陆游来到沈园，写下一首诗：

禹迹寺南有沈氏小园，四十年前尝题小词一阕壁间，

偶复一到而园已三易主，读之怅然

枫叶初丹槲叶黄，河阳愁鬓怯新霜。

林亭感旧空回首，泉路凭谁说断肠？
坏壁醉题尘漠漠，断云幽梦事茫茫。
年来妄念消除尽，回向蒲龛一炷香。

此时的沈园，较四十年前已有了很大变化，陆游对唐琬的思念，却从不曾改变。此时正值秋季，枫叶始红，槲叶变黄，陆游自己似乎也走到了人生的秋季，鬓发已白，更怕看见新生的白发。他面对沈园的树木亭台，只能徒然地回忆往事。斯人早已逝去，他还能对谁诉说自己内心断肠的情意？

沈园的墙壁已经坍坏了，当年陆游与唐琬题写的词句也蒙上了漠漠尘埃。昔日往事，也像浮动幽梦，茫茫无迹。

四十年来，陆游已将内心那些不切实际的幻想消除干净。他知道，即便自己再痴心妄想，再遗憾悔恨，也换不回活生生的唐琬。他只能回到家中，面向自己为唐琬设立的灵位，点燃一炷香。

有些人生遗恨，终其一生也无法弥补。有些缺失，无论用什么都无法填充。

陆游在七十五岁那一年，搬去沈园附近居住。每次入城，必登寺眺望，不能胜情。这一年来到沈园，陆游触景生情，怀念唐琬，写下《沈园二首》：

其一

城上斜阳画角哀，沈园非复旧池台。

伤心桥下春波绿，曾是惊鸿照影来。

其二

梦断香消四十年，沈园柳老不吹绵。

此身行作稽山土，犹吊遗踪一泫然。

此时距离唐琬离世已过去四十余年，然而，唐琬留给陆游的，依然是惊鸿旧梦。那段骤然中断的感情，让陆游越到晚年，越是惆怅，缱绻情思，不仅丝毫未减，反而随着岁月流逝而日益加深。

回想当年沈园相逢，陆游悲从中来。傍晚的斜阳，为沈园渲染出一种悲凉氛围，身处其中的陆游便更添悲哀之感。不知从何处传来一阵高亢凄厉的画角之声，声调哀婉，正如陆游当时的心境。

沈园是陆游与唐琬分开后唯一一次相见之地，也是他们的永诀之所，因此，陆游对沈园有特殊的感情。这里留下了他刹那间的欢喜与永久的悲伤，可尽管是悲剧，他还是渴望旧日重现，再让他好好看一看唐琬的模样。

幻想终究不能成真，不仅心上人早已作古，就连沈园的景物也不是当年的样子了。陆游心境寥落，却依然不肯作罢，他竭尽全力地寻找，想要找到一些可以引起回忆的景物。他遍寻沈园，只有桥下的一池碧绿春水，依然保持着当年的模样，勉强让陆游得到些许安慰，仿佛见到故人。

四十多年前，陆游就是在这处池水旁与唐琬重逢的，那时的她，依然是温婉柔弱的模样，看陆游的眼神中带着凄楚。这样的不期而遇，并不能让唐琬欣喜，只能引起无限伤感。

四十多年过去，香消玉殒的唐琬，在陆游心目中还保留着当年的形象。陆游感叹自己垂垂老矣，就像这沈园中衰老的柳树，连柳絮都生不出来了。无论对仕途还是生活，陆游都已不再有任何追求，他仿佛就是在挨过剩下的岁月，只待有一天，被埋葬于会稽山下，化作黄土。

七十五岁的陆游，知道自己在人间所剩的岁月不多，但他对唐琬的眷念之情，却永远都无法泯灭。他始终在心底保留着对唐琬的爱，这也是为什么他晚年要频频来到沈园，屡屡为唐琬写诗。

只有人生将尽，才能意识到什么是终身遗憾，可是，一切都已经晚了。

陆游八十一岁那年，又逢一个春日，他踽踽独行在门外，望着原野间的桃红柳绿，听着恼人的喳喳鸟鸣，深深叹息不能到沈园寻觅往日的踪影。夜阑人静后，件件往事不断浮现在眼前，陆游辗转难眠，好不容易睡去，在梦中又重游沈园。

在梦里，他走在通往城南沈园的路上，越接近沈园，越不敢放开步子向前行走。因为他知道，只要进入沈园，便会思绪万千，那里承载着伤心往事，令人悲痛。

梦里，梅花开好了，却怎么都找不到那个曾经一起赏花的人。陆游没有想到，在梦中竟然还能闻到那样真切的梅花清香，那香气沾染衣袖，就像五十多年前一样。别致的小桥，静静的春水，美景一如当年，只恨物是人非。

陆游在梦中找着找着，突然想起，那个比梅花还美好的女子，早已变成泉下黄土。他伤心地转头去看，当年写着《钗头凤》的墙上，墨痕早已被尘土遮住，其苦难言，痛断人肠。

唐琬没有出现在陆游的梦中，从梦中醒来后，陆游久久失神，万千思绪化作悲伤的诗句：

十二月二日夜梦游沈氏园亭

其一

路近城南已怕行，沈家园里更伤情。

香穿客袖梅花在，绿蘸寺桥春水生。

其二

城南小陌又逢春，只见梅花不见人。

玉骨久成泉下土，墨痕犹锁壁间尘。

年轻时，陆游看不清自己的真心。他曾以为，放弃的只是一段感情，后来才知道，放弃的其实是一生的欢愉。唐琬去世后，沈园便成了陆游永生都愈合不了的伤口，年纪越大，相思和悔恨便越浓。

世界上最遗憾的事，是明明相爱，却要错过。

陆游八十五岁那一年的春日，趁着身心舒爽，他打算上山采药。走到半路，体力不支，只好折返，顺路又来到沈园。

此时，沈园已经过一番修整，景物大致恢复原貌。陆游满怀深情地游览一番，写下了此生写给唐琬的最后一首情诗：

春游

沈家园里花如锦，半是当年识放翁。

也信美人终作土，不堪幽梦太匆匆。

沈园里的花都开了，朵朵娇羞，花朵盛开的模样，就像初识时的二人一样美好。可再美好的回忆都已消失，只能轻轻叹息：不悔梦深处，只恨太匆匆。

唐琬的死，对于陆游而言，是一生的悲剧。这悲剧已延续了五十余年，直至陆游白发苍苍。

因此，他愿意留在这里，守着沈园，也守着唐琬。陆游用自己真情的诗句装点着沈园的风景，也用最纯真的感情思念着最纯粹的人。

短短三年婚姻，却要用一生去凭吊。陆游将唐琬的名字刻在心头，任沧海桑田、斗转星移，他依然记得那个如梅花般清雅的女子。

帘卷西风，人比黄花瘦

李清照与赵明诚：始于心动，止于心痛

传说中李清照与赵明诚是一对人人羡慕的恩爱夫妻，他们的婚姻近乎完美。然而，李清照留下的词作却让人感到，他们的婚姻，似乎并不像世人想象的那般幸福。

缘起·门当户对

出生于书香世家的李清照，有一位视文学如生命的父亲。被称为“苏门后四学士”之一的李格非，时常将“文不可以苟作”挂在嘴边。在他眼中，女儿李清照，是承载了他一生所爱的珍宝，他将一生的学识毫不保留地注入了女儿的血脉之中，又给予女儿最开明的教育和最温柔的宠爱。

李清照的母亲，是北宋状元王拱辰的孙女，自幼饱读诗书，有极深厚的文学修养。在父母影响下，李清照从小就喜欢吟诗作词，且她越长大，她的词作越发清新雅致，她笔下的词若细细品读，还能感受到男子般的英雄气概。

同样出生于官宦世家的赵明诚，是小有名气的金石书画文物收藏家，亦是一名才子。李清照的名字，很早便传到赵明诚的耳朵里，他时常听说，李格非的女儿，是当地小有名气的才女。他读过李清照的词，十七岁的少女，落笔毫无矫情，尽是自由：

如梦令

常记溪亭日暮，沉醉不知归路。兴尽晚回舟，误入藕花深处。争渡，争渡，惊起一滩鸥鹭。

这是李清照的成名之作，因为有一对开明的父母，李清照长成了自由自在的少女。她喜欢郊外清新的空气，便将那毫无束缚的自由写进词里。一点美酒，配上美景，最让她惬意。她时常在郊外徜徉到日暮时分，再乘着一点醉意归家。

酒意迷蒙时，她竟不小心将船划入一片荷花池中，她用力划动船桨，想方设法从层层叠叠的荷叶中间穿过去，却惊动了正准备入眠的水鸟，惹得它们奋力扑扇着翅膀，鸣叫不止，责怪李清照扰了它们的清梦。

一首小令，仿佛让赵明诚透过词句见到了一个明艳活泼的少女，毫无雕琢的辞藻，将所见之景写得那样生动自然，光是读她的词，赵明诚便能感受到她的尽兴与快乐。

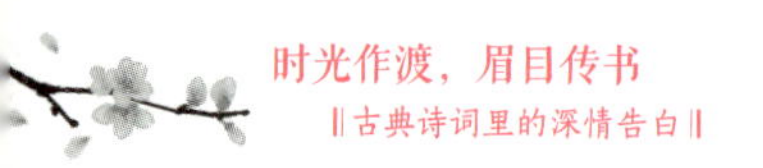

随着李格非升任礼部员外郎，前往汴京就职，李清照与赵明诚之间的缘分便缓缓开启。一条姻缘的红线，穿越千里，将一对璧人牵引到一起，只是，故事里的两位主人公尚不知情。他是埋头苦读的太学学生，她是沉浸于京城繁华中的好奇少女，他们拥有一段命中注定的缘分。

少女情怀，是最美的诗篇。李清照的才情，让当世大文豪张耒赞不绝口，于是，多少名门世家虽未见过李清照芳容，却已迫不及待想将这位名动京城的才女娶进门。

李家的门槛几乎被前来说媒的人踏破，他们甚至争相提高礼金，仿佛“出价”高者便能赢得李清照的芳心。他们并不懂，像李清照这般不肯沾染世俗尘埃的女子，最厌倦的便是铜臭气，她的少女春心已然萌动，只求一个一眼能看透自己内心的人相伴一生。

于是，在一个花团锦簇的春日，赵明诚闯入了李清照的生命。

古代女子最美好的年华记忆里，大多停着一架秋千。少女时的李清照，最喜欢随着秋千轻盈地在半空中飞舞，庭院之上，洒落一片欢声笑语，就连园中的花儿都被那笑声感染，绽放出笑颜。

李清照比寻常少女更加调皮，她喜欢脱掉绣鞋，站在秋千上摆荡，用尽全力将自己的身体荡向高处，体验翱翔天际的快感。她整个身心都那样自由，衣袂迎风飘荡，如同一只轻盈的燕子，在空中自在飞舞。

香汗打湿轻薄的衣衫，因为玩得卖力，李清照的手有些酸痛，几乎握不住秋千的绳索。于是，她让秋千停摆，从秋千上下来，却不急着穿鞋，只穿着袜子站在地上，任由侍女为她擦汗，脸上的笑容明艳又带着些许慵懒，脸颊上的红晕映着少女的娇憨。

一个陌生的身影，就是在这时出现在花园中。那是一个俊雅的少年，李清照从未见过，却不知为何，当看到他的双眼望向自己，一向不知愁滋味的李清照，突然感受到了少女的娇羞。

刚从秋千上下来的李清照，发髻还有些凌乱，她突然意识到自己的模样略显狼狈，便慌不择路地想要从少年的视线中逃离。她逃得那样匆忙，甚至来不及穿上鞋子，她匆忙跑向花园外，一支金钗从松散的发髻上滑落，掉在了地上。

匆忙避客之时，李清照还是忍不住回头再瞧一眼那少年的模样，将那俊美的容颜烙印在自己心底。

那男子便是前来登门拜访李格非的赵明诚，他从未想过，竟能遇到一名如此与众不同的女子。那女子的笑靥，一下子打开了少年的心门，一颗心跳得有些乱了节奏。

李清照跑得气喘吁吁，好不容易回到闺房，靠在门边休息，然而，那少年的容貌和身影却始终在眼前挥之不去。李清照突发奇想，她想去再见一见那少年。

她向来敢想敢做，心知那少年一定是来找父亲的，便悄悄向父亲书房的方向走去。见到他们正在书房中谈话，李清照便躲在不远处的一株青梅树旁，假装正在嗅一枝青梅，眼神却飘向少年的方向。

那一日少年走后，李清照对他念念不忘，她提起笔，想要记录下他们的初见。

点绛唇

蹴罢秋千，起来慵整纤纤手。露浓花瘦，薄汗沾衣透。　见客入来，袜划金钗溜。和羞走，倚门回首，却把青梅嗅。

少女的情思与痴态跃然纸上，只是，李清照还不知道，那少年的情思，早在两年前便缭绕在她身上。

那时，百无聊赖的李清照，正不知如何打发这大好春景，便让侍女拿来一把琴，想要借助琴音打发这满腹的无聊。

不承想，因为心思无法沉静，指尖的琴音也乱了节奏。李清照无奈地撇下琴，抬头望着天上的云朵解闷。可是那天气不善解人意，不一会儿，白云就变成了阴云，随风落下细细雨丝，打落即将凋谢的梨花。弱不禁风的梨花，勾起了少女的闺中清愁，于是，李清照便将自己当时的心情写成一首小词：

浣溪沙

小院闲窗春色深，重帘未卷影沉沉。倚楼无语理瑶琴。　远岫出云催薄暮，细风吹雨弄轻阴。梨花欲谢恐难禁。

一首闺怨小词，流传到大街小巷，赵明诚被这女子的才华撩动了情思。直到李家花园中的惊鸿一瞥，终于牵动这一段缘分。李格非希望女儿能嫁给一位真心疼爱她的夫君，于是，当赵家上门提亲过后，李格非叫来李清照，将赵明诚的情况说给她听。

此时赵明诚正就读于太学，他虽出身官宦世家，却并不热衷仕途，而是酷爱金石书画收藏。李清照并不在乎男子是否关心仕途，反而觉得像赵明诚这样只痴迷古物的男子更单纯可爱。于是，她娇羞地点了点头，认可了这段姻缘。

据说，赵明诚小时候曾做过一个梦，他在梦中读了一首诗，醒来后却只记得其中三句："言与司合，安上已脱，芝芙草拔。"他不解其意，便去请教父亲。父亲哈哈大笑，抚摸着赵明诚的头说："我儿将来定能娶到一位能写诗词的女子为妻。"

父亲解释说："'言与司合'，是个'词'字；'安上已脱'，是个'女'字；'芝芙草拔'，是'之夫'二字，连起来不正是'词女之夫'四个字吗？"

若这传闻当真，赵明诚与李清照之间的缘分，便是在冥冥中早已注定。

他们是红尘中的知己，他们的爱，干净得没有一丝杂质。十八岁的李清照，嫁给了二十一岁的赵明诚，那时的他们，只愿在淡雅红尘中，尽情享受新婚燕尔的甜蜜。

他们是门当户对的才子佳人，良好的家世让他们无须为一切俗事烦心。从李清照那时的词句便能读出，她与赵明诚每一天的日常，皆是甜蜜：

减字木兰花

卖花担上，卖得一枝春欲放。泪染轻匀，犹带彤霞晓露

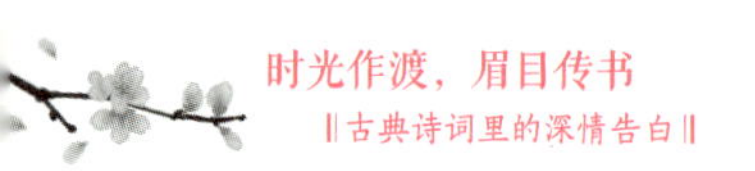

痕。　　怕郎猜道，奴面不如花面好。云鬓斜簪，徒要教郎比并看。

那是一日清晨，卖花人的担子上装满娇艳欲滴的鲜花，李清照选中一枝含苞待放的花，插入云鬓，脸上带着俏皮的微笑，让赵明诚比一比，究竟是花美，还是她美。

那样明艳快活的女子，任何一朵花在她灿烂的笑容下都失了颜色。赵明诚最爱她的肆意放纵，她的娇憨与任性尤值得宠爱。

每月初一和十五，赵明诚才能从太学回家，因为不能日日相见，相守的时光便更加珍贵。对于李清照来说，思念夫君并不是痛苦的事情，反而承载了一丝甜蜜。只要想起他，就会觉得幸福和满足。

那年上元佳节，赵明诚从太学放假回家，刚进家门，便听说门外有一名公子求见，自称是赵明诚在太学的同窗。赵明诚连忙迎接客人，只见一位翩翩公子正等在门口，赵明诚连忙行礼迎接，没想到，对方竟然笑出了声。赵明诚仔细一看，这哪里是一名公子，分明是自己的妻子正假扮男装。李清照就是这样不流于世俗的女子，总能用自己别出心裁的举动，让生活更加有趣。

世人喜欢用“天作之合”来形容李清照与赵明诚的婚姻。他们是夫妻，更是知己。李清照愿意支持赵明诚的一切喜好，有时，赵明诚看上一件古董，因为没钱，便要将自己的衣物拿去当铺典当。李清照没有丝毫不快，反而因为赵明诚得到一件心爱的藏品而欣喜，陪着他一同赏玩。

可惜，岁月不会永远安稳，没有谁能一帆风顺地度过一生。新婚不久，这对恩爱的小夫妻便共同经历了一场巨大变故，最让李清照难过的是，赵明诚的家人竟然从未将她当成过自己人。

幻变·政见凿出的裂痕

一场猝不及防的灾难，仿佛命运捉弄，刚刚沉浸在繁华旖旎梦境中的李清照，转瞬间便遭遇噩梦。

因为朝廷党争，李格非无端被安上"元祐奸党"的罪名，他的名字与其他三百余人一起被刻在碑石之上，立于宫廷之外。无端获罪，李格非被罢免官职，遣返原籍。李清照求公公赵挺之替父亲说情，然而，赵挺之生怕祸及自身，选择了缄默。

李清照第一次见识到世态炎凉，原来，在利益面前，所谓的亲情如此淡薄。公公的拒绝，让李清照心碎，她愤然写下"炙手可热心可寒，何况人间父子情"，讥讽公公的无情。

她决定随父亲返回家乡济南，纵然对赵明诚有万般不舍，她也不愿在他人的睥睨之下苟活。

分别的日子里，李清照终于感受到了思念的痛苦。她不知道，即便和赵明诚再度团聚，是否还能重拾往日温情。

一剪梅

红藕香残玉簟秋，轻解罗裳，独上兰舟。云中谁寄锦书来？雁字回时，月满西楼。　　花自飘零水自流，一种相思，两处闲愁。此情无计可消除，才下眉头，却上心头。

分别的日子总是无限煎熬，尤其是万物凋零的秋日，空气中弥漫着残破的气息，独自躺在竹席之上的李清照，能清楚地感受到自心底而来的寒意。

他们只能通过书信传情，有时，赵明诚收到李清照写来的词，还会萌生与妻子一比高下之心。李清照曾给赵明诚寄去一首自己所写的《醉花阴》。

醉花阴

薄雾浓云愁永昼。瑞脑销金兽。佳节又重阳，玉枕纱厨，半夜凉初透。　　东篱把酒黄昏后。有暗香盈袖。莫道不销魂，帘卷西风，人比黄花瘦。

赵明诚读过之后，一连三夜未眠，创作了许多首词，又将自己从前所作的词挑出五十首，将李清照的《醉花阴》夹于其中，拿去给自己的好友陆德夫评鉴。陆德夫赏味了许久，最终得出评论："唯有三句绝佳。"

赵明诚忙问是哪三句，陆德夫脱口而出："莫道不消魂，帘卷西风，人比黄花瘦。"赵明诚不得不无奈承认，自己的文采，终究还是比不过妻子。

转瞬间便送走两个寒暑，就在他们夫妻分别的第三个年头，李清照终于等来了日日期盼的团聚。

赵明诚在信中说，朝廷对元祐党人的态度已经松缓，他们再也不用忍受分别之苦，要李清照尽快启程赶往汴京。

就在李清照返回汴京后不久，赵挺之在党争中失败，被朝廷罢免官职。他承受不住如此巨大的打击，没过多久便在汴京离世。赵挺之死后，赵明诚三兄弟也遭受党争牵连，被投入狱中。李清照四处打点，又给了牢头许多好处，准许她每日都来探望赵明诚。赵明诚兄弟三人本就冤枉，许多欲加之罪无法落实，很快便被释放。

如此一来，汴京成了赵明诚的伤心地，他决定带着李清照回到故乡青州，去那里过离世隐居的日子。

青州岁月，是李清照与赵明诚最快乐的十年。闲散人生，虽无大富大贵，却也衣食无忧。他们在那里建了一间书房，参照陶渊明《归去来兮辞》，为其取名“归来堂”。所有空闲时间，都被他们用来读书、写词，或是一同完成金石碑刻与书画古物的收集整理。

每当收藏到一部古书，两人便共同勘校，整理题签。若是得到一幅好的书画，便一同欣赏品评。有时，两人常常整夜赏玩书画，爱不释手，相互探讨其中的趣味。到后来，两人只得定下规矩，无论赏玩任何藏品，都以一根蜡烛燃尽的时间为限，以免耽误休息。

李清照自幼记忆力极好，但凡读过的书，总能说出某件事情或某句话在其中的第几卷第几页第几行，这也成为他们夫妻之间消磨时光的情趣。有时，两人吃过饭，便会在归来堂中煮上一壶好茶，玩起猜书游戏。

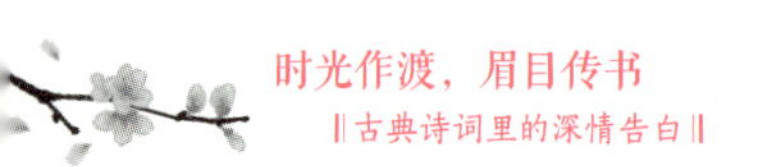

两人会分别从书案上随意拿起一本书，找出某一典故，只要对方答得对，便为胜者，可以先品尝香茶。李清照总是赢的次数多，一次因为得意，还不小心打翻了茶杯，茶水泼到茶案与衣服上，赵明诚却不怒反笑，两人满脸笑意，一同手忙脚乱地收拾着桌案上的古书，以免被茶水打湿。

两人在归来堂中建造了一个巨大的书橱，将书籍分门别类，安放其中，编上号，做成书目。若有人想取书，需要先在书目中登记，归还书时，再将取书的记录消掉，且必须将书放回原位。

李清照不爱绫罗绸缎，不爱珍珠翡翠，只愿与至纯之人，过至简的生活。她与赵明诚的生活，被书香与茶香缭绕着，没有丝毫枯燥，反而别具趣味。

赵明诚想将自己对金石的研究撰写成书，李清照便从旁协助。赵明诚的《金石录》成为继欧阳修《集古录》之后又一金石专著。李清照也毫不逊色，撰写的《词论》对古今词作进行点评，观点轰动一时。

他们是才情那样相得益彰的一对夫妻，拥有纯净至极的爱，无关世俗。

岁月流转，李清照不再是那个娇艳的少女。然而在赵明诚眼中，她还是只供他一人独赏的花，在他给予的爱情滋养里，摇曳出独属于他的万种风情。

李清照三十一岁生辰那一天，赵明诚为她画了一幅画像，又在画像上题了一行小字："易安居士三十一岁之照。清丽其词，端庄其品，归去来兮，真堪偕隐。”

她的才情，将平凡的岁月酝酿出诗意。夫妻二人共同享受着这段隐居岁月，也曾期待岁月永远如此静好，两个人就在平淡的日子里相伴白首。

那幅画像被李清照视若珍宝，赵明诚写下的那行小字，她读了又读，品了又品，仿佛能从中读出岁月的香气。

隐居青州的岁月，恬静而又美好。曾经浓烈的爱情，已在岁月中发酵成亲情。他们无须将情与爱挂在嘴边，每一个眼神，每一个动作，都透露出对彼此的柔情。

李清照与赵明诚的日子算不上富裕，每餐饭都简单至极，甚至很少吃肉。他们把省下来的钱都用来购买书籍与藏品，精神上的富足，让他们从不在意物质上的清贫。

李清照也从未想过要赵明诚出去谋生，所谓富贵，在她看来不过是过眼云烟，赵明诚对她的真情，才是再多金银珠玉都换不来的财富。

他们已经习惯了长久相守，即便偶尔短暂分离，也让李清照很难适应。曾有一次，赵明诚与友人相约前往距离青州一百七十里的名刹灵岩寺游览，那是自从隐居以来，李清照与赵明诚第一次分离。

赵明诚不在身边的日子，李清照感觉无比寂寞冷清。她将自己对赵明诚的思念，一字一字记录在词句里：

念奴娇

萧条庭院，又斜风细雨，重门须闭。宠柳娇花寒食近，种种恼人天气。险韵诗成，扶头酒醒，别是闲滋味。征鸿过尽，万千心事难寄。　　楼上几日春寒，帘垂四面，玉阑干慵倚。被冷香消新梦觉，不许愁人不起。清露晨流，新桐初引，多少游春意。日高烟敛，更看今日晴未。

赵明诚离家月余，李清照觉得就连家中的庭院都萧条了许多。赶上天气不好的时候，甚至有些怆然凄苦的意味。过几日便是寒食节，李清照却没有心情与任何人来往。

外面的春景无比热闹，反而让李清照更加寂寞惆怅。正是花儿绽放、柳树染绿的时节，她却选择独自在家中与诗书美酒相伴。借着醉意，她还创作了一首生僻而又难押韵的诗，为了写好那首诗，她着实费了一番工夫和心思，好不容易把诗写成，酒也醒了大半。

那几天连日阴霾，春寒料峭，就连厚重的房门都无法阻隔阵阵寒意。若是赵明诚在身边，一定会用怀抱给李清照温暖。思念袭来，李清照懒得去读书写诗，更懒得去看庭院中的春景，只是一个人枯坐着。

寒凉的春夜，让李清照难以成眠。好不容易睡了一会，打算在梦中与赵明诚相见，却很快便被冻醒，硬生生断了一场好梦。李清照睡意全消，从夜半时分静静坐到清晨。太阳渐渐升起，这一天看来是个好天气，李清照的心情却无法放晴。

直到几日之后，赵明诚终于回家，李清照终于盼回了夫君的怀抱。然而，这一次小别之后，赵明诚似乎有了些变化。他不再甘愿困居于青州，逐渐有了经常出去走走的念头。

这一次，李清照有了些不好的预感，她觉得，自己所寻求的圆满，似乎就要被打破了。

幻灭 · 才情抵不过岁月的戏弄

一部《金石录》，让赵明诚再度受到朝廷关注。一些与赵挺之有过交情的官员，便生出照拂后辈之心，打算劝说朝廷重新起用赵明诚。

曾经的那场党争已过去多年，往日风波已渐渐平息，起用赵明诚的提议很快便得到朝廷批准，他的第一任官职，是莱州郡守。

赵明诚还不足四十岁，正是施展抱负的大好年华。隐居多年后，赵明诚想要趁自己正值壮年，在官场上打拼一番。此番任命来得刚好，赵明诚踌躇满志地赴任，信心满满地步入仕途，打算施展自己的抱负。

李清照看着赵明诚眼中的欣喜，自己却无论如何高兴不起来。她了解赵明诚的个性，像他这样单纯的人，根本不擅长官场的尔虞我诈。虽说做官的俸禄能改善家中拮据的现状，但如果可以选择，李清照还是希望赵明诚留下来，继续纯净如水的生活。

可是，她没有办法开口留下赵明诚，她知道，若将他强留下来，或许此事会成为夫妻之间日后的怨怼。无论如何，宁静的日子被打破了，再也恢复不到往日的平和。

她用笑容掩饰着自己的失落，单纯的赵明诚以为妻子发自内心地替自己高兴，他不会知道自己即将踏上一条怎样波谲云诡的路途，更无法感同身受妻子对自己的依恋。

临行前，赵明诚信誓旦旦地向李清照保证，一旦自己安顿下来，便立刻将她接过去。李清照笑着点头，心中的忐忑却压抑不住。不知为何，她总有些不安，离赵明诚赴任的日子越近，这份不安就越发强烈。

分别的日子终究还是来了，李清照看着赵明诚逐渐远去的背影，忽然觉得，这十年朝夕相伴的隐居生活竟那样不真实，仿佛一场幻梦，一碰就碎。

自从赵明诚走后，李清照每天的心情都无比沉郁。一向活泼明朗的她，竟患得患失起来，虽然赵明诚再三承诺会尽快接她过去，可她就是觉得，那一天仿佛遥遥无期。

半年光阴，在等待中蹉跎。又是春寒料峭的时节，李清照再也找不回生命里的那道暖阳了。

蝶恋花

暖雨晴风初破冻，柳眼梅腮，已觉春心动。酒意诗情谁与共？泪融残粉花钿重。　　乍试夹衫金缕缝，山枕斜欹，枕损钗头凤。独抱浓愁无好梦，夜阑犹剪灯花弄。

虽然此时已冰雪消融，万物回春，可独守空闺的李清照怎么也感受不到生命的蓬勃。庭院中梅花盛开，如同少女的香腮一般美好，却只能触动李清照的春愁。

每年这个时候，他们夫妻二人都会一同饮酒赏梅。可是今年赵明诚不在身边，李清照纵然有浓厚的酒兴与诗意，却无人陪她一同消遣。这个本应快乐的季节，变得令人伤心，大好的春光，注定要被辜负了。

不知何时，泪水已打湿脸上的残粉，就连头上的钗环也沉重得不能承受。一切只因心情沉郁，惆怅的李清照，似乎做任何事情都提不起兴趣，甚至无心打扮自己。

都说女为悦己者容，那个懂她的人不在身边，又打扮给谁看呢？衣架上那件新裁制的衣衫还从未穿过，李清照轻轻将它披在身上，却并不高兴。如果赵明诚看到她穿上新衣，一定满脸欢喜地加以品赏，还会建议这件衣服添些什么装饰，哪里的装饰有些多余。

如果赵明诚在身边，李清照一定会穿上这件新衣，在他的陪伴下外出踏青。然而此刻，一切美好的春景都显得那样苍白。李清照不仅全然没有外出踏青的兴致，甚至庭院中的景色都懒得看一眼。

她随手将新衣丢在一旁，落寞地躺在枕上，表情木然，眼中没有一丝神采。头上的钗环，她也懒得卸下，就连凤钗有可能被压坏也毫不在意。这般孤寂的日子，她不知还要忍受多久，越想心思越乱。

每到深夜，这十年的快乐点滴便轮番在眼前上演，惹得李清照毫无睡意。她全部的快乐，或许只有在重逢的那一刻才能找回，于是，她每一天都在期盼收到赵明诚的来信，期盼他在信中告诉她，团聚的日子就要到了。

点绛唇

寂寞深闺，柔肠一寸愁千缕。惜春春去。几点催花雨。　倚遍阑干，只是无情绪。人何处？连天芳树。望断归来路。

迟迟等不到赵明诚的来信，忧伤在李清照心底蔓延。万缕相思，让她感觉压抑，那驱不散的愁情，早已让她不堪重负。如果这样的日子继续下去，她或许会愁肠寸断。

饱受相思之情困扰的李清照，做任何事情都提不起兴致。就连往日最喜欢的书也懒得去读，最爱的茶也懒得去尝。快乐是需要分享的，一个人的快乐，很容易变成忧愁。

她意识到，安稳的生活，再也回不去了。自从赵明诚走后，李清照就再未展露过笑颜，她的灵魂，几乎每一天都在被无边的寂寞啃噬着。

如果继续这样痴守下去，李清照觉得自己即将到达崩溃的边缘。她开始打点行囊，即便等不到赵明诚的来信，她还是要义无反顾地赶赴莱州，与丈夫团聚。

她的身体本就柔弱，一连几日的跋涉，让她早已疲惫不堪。正逢天降大雨，李清照便找到一处客栈暂住下来，萧瑟的秋风牵动她的愁肠，有些她一直不愿意去面对的事情，开始在脑海中反复浮现。

莱州与青州算不上遥远，赵明诚却迟迟没有来信。仕途可以阻隔脚步，难道也可以阻隔他对李清照的思念吗？像李清照这般聪慧的女子，只要细想，便能发觉其中的异样。她之所以不愿去细想，只是不愿陷入更深的悲伤。当天气转晴，她便迫不及待地再次上路。

她就这样独自艰难跋涉了几百里。当终于出现在赵明诚面前，李清照失望地发现，自己并未在他眼中找到久别重逢的欣喜。在赵明诚的身边，还围绕着其他女子，那些人中有他新纳的妾室，还有他养在府中的歌妓。原来，李清照早已不是他的唯一，看到他惊诧的眼神，李清照便知道，原来自己是个不受欢迎的人。

年近四十的李清照，比不过赵明诚身边那些青春的容颜。她只能将悲伤深埋于心底，用表面上的平静，尽可能地维护自己的尊严。古时男子三妻四妾再正常不过，李清照虽然万般不情愿，也只能无奈接受。

赵明诚安排她住了下来，却很少与她独处，不是忙于公务，就是在那些年轻貌美女子的环绕下享乐。李清照从未想过，夫妻相守的日子，竟然也能如此孤寂。

感怀

宣和辛丑八月十日到莱，独坐一室，平生所见，皆不在目前。几上有《礼韵》，因信手开之，约以所开为韵作诗，偶得“子”字，因以为韵，作感怀诗云。

寒窗败几无书史，公路可怜合至此。

青州从事孔方兄，终日纷纷喜生事。

作诗谢绝聊闭门，燕寝凝香有佳思。

静中吾乃得至交，乌有先生子虚子。

她没有对赵明诚说过一句抱怨的话，反而在诗中调侃自己的孤独。因为赵明诚称公务繁忙，李清照就连见他一面都很难。然而，李清照真正痛苦的根源，是赵明诚在她眼中越来越陌生。

曾经，金石、古物、藏品，在赵明诚的生命中尤为重要，如今，赵明诚的全部心思都在做官上，那些曾经充斥着生活中每个角落的书籍和藏品，在莱州的宅邸中竟然一件都没有。

赵明诚再也不是那个无欲无求的赤子，而是变成了一个只醉心于钱财与仕途的俗人。他每日辗转于酒宴之中，乐此不疲，在李清照看来，为了权势与财富终日奔波的人生，简直俗不可耐。

寂寞的房间里，陪伴着李清照的，只有“子虚”与“乌有”。可是，她并不责怪赵明诚，即便他忙着钻营仕途，她还是愿意站在原地守候。

一场国难，终究还是打破了生活中仅剩的平静。风雨飘摇的大宋王朝，在金人的持续攻打下，已坚持不了多久。

北宋都城汴京很快被金人包围，宋钦宗与宋徽宗都成为金人的俘虏，宋高宗赵构即位，打算在江宁建立都府。

与此同时，赵明诚的母亲在江宁病逝，在他守孝期间，李清照独自返回青州，打算拯救家中的大量藏品。可惜，那些藏品太多，无法一次带走，她精挑细选了部分藏品，足足装满十五大车，独自带着车队赶往江宁。

就在李清照走后不久，青州发生兵变，那十几间屋子的藏品在战火中被付之一炬，李清照得知后，心头一阵阵滴血。然而，兵荒马乱之下，保命尚且不易，何况那些不便携带的藏品。李清照一介弱女子，凭着自己的智勇，好不容易才保全了十五车稀世珍宝。

经历了国破家亡的李清照，内心变得更加坚强。然而，她却发现，包括赵明诚在内的朝廷官员，似乎并不关心国家危亡，反而更在意自己的俸禄与安稳。他们从不考虑收复失地，只想守住这一隅之地。李清照恨不得自己化身男子，为国效力。

南宋建炎三年（公元1129年），宋高宗下诏移驻江宁府，并将江宁改名为建康。赵明诚被任命为建康知府，李清照没有想到，身为父母官的赵明诚，竟然在战乱中做出令她不齿的事情。

那一日，建康发生兵变，赵明诚提前得知消息，竟弃建康百姓不顾，没有布置任何防御措施，而是从城墙上吊下一根绳子，独自攀绳而逃。他甚至没有带走自己的结发妻子李清照，独自一人奔逃保命。他的所作所为让建康百姓唾骂，李清照与赵明诚的夫妻之情，也在他逃亡的那一日消散殆尽。

朝廷罢免了赵明诚的官职，他只得携带家眷离开建康。李清照依然陪在他身边，多年夫妻之情，让她难以割舍他，纵然他余生注定颠沛流离，她也做好了与他一起承受的准备。

他们坐船途经乌江，那里是西楚霸王项羽自刎的地方。在世人心目中，自刎的项羽依然是豪杰，可站在李清照身边的那个男人，却是弃全城百姓于不顾的逃兵。她第一次对赵明诚心生蔑视之情，一切嘲讽，都被她写在诗中：

夏日绝句

生当作人杰，死亦为鬼雄。

至今思项羽，不肯过江东。

她宁愿赵明诚因守卫国土而战死，也不愿他这样狼狈逃窜，承受世人的唾骂。在李清照心中，昔日那个意气风发的翩翩少年已彻底死去，一段缠绵悱恻的爱情，就此画上终点。

懦弱的南宋朝廷，已经昏聩得无法拯救。李清照无论如何没有想到，刚刚被罢免官职不久的赵明诚，竟然又能得到朝廷任用。他们刚刚行至中途，朝廷的诏书便已送达，赵明诚被任命为湖州知州，大喜过望的他，匆匆收拾了几件行李，便打算与李清照告别，先一步赶往湖州赴任。

他根本不在乎，兵荒马乱之下，只身一人的李清照带着那些贵重物品，该如何保全自身。临行之前，李清照将他送到岸边，一身布衣的他，眼中散发着光芒。他义无反顾地奔向自己的前程，甚至没有留下一句叮咛。李清照忍不住朝着赵明诚的背影喊道："若是池阳城失陷，我该怎么办？"

赵明诚的声音从渐行渐远的船上传来，他说："若是事有紧急，你便跟着逃难的人群一起逃走吧。若是迫不得已，就将沉重的包裹舍弃掉，若还是不行，便将衣物和被褥舍弃掉。若是万不得已，再舍弃一些书籍画卷。那些古董器物，唯有保命时才可以舍弃，但那些宗室灵牌礼器是万万不能舍弃的，你必要与之共存亡。”

那是赵明诚留给李清照最后的话语，他们都未曾想到，这一次分别，竟是此生永诀。

赵明诚走后不足一个月，因为一路车马劳顿，酷暑难耐，刚一抵达建康，就不幸染上了疟疾。李清照得知后，立刻昼夜不停地赶赴建康。然而，赵明诚已经被疟疾折磨得不成人形，李清照到达建康后不久，赵明诚就撒手人寰。

恍惚之间，赌书泼茶的欢愉，仿佛就在昨日，欢声笑语，犹在耳畔。赵明诚并非完人，却是李清照生命中的唯一。然而，余生若想再见，便只能是在梦中。

赵明诚死后，李清照全身心地投入到《金石录后序》的撰写当中。收藏金石，是他们曾经共同的爱好，也见证了他们婚姻中最幸福的光景。

李清照曾说：“三十四年之间，忧患得失，何其多也！然有有必有无，有聚必有散，乃理之常。”那些云蒸霞蔚的往事，都化作一个时代的悲欢离合。一个转身，便是千年，曾经的“浓愁”与“好梦”，最终只化作一声叹息。

此情可待成追忆，只是当时已惘然

李商隐与宋华阳：灯火阑珊处，已空无一人

梦回唐朝，那曾是中国历史上最强盛的朝代之一，诞生过最美的诗篇。晚唐诗人李商隐，便是那个能将情诗写得缠绵悱恻的人。后人说，他是晚唐一只多情的蝴蝶，他这一生采了许多晚唐的花，酿了许多晚唐的诗，朵朵五彩斑斓，首首精彩纷呈。

诗如其人，融入了作者丰富的爱恨情仇，凝聚了作者历经岁月起伏后的生活感悟。李商隐的诗，写尽了他经历的爱情悲欢，每一首诗的背后，都深埋着他的复杂情感。那些绮丽的辞藻，虽并不谈及爱情，却句句深情缱绻，绵柔唯美，撩拨着一代代读者的心。

爱到痴情难圆满

自幼家境清贫的李商隐，小小年纪便过上了“佣书贩舂”的生活，替别人抄书、舂米赚钱，补贴家用。据说，李商隐五岁诵经书，七岁弄笔砚，十六岁便因写文章而出名，他也因文名而得到了白居易、令狐楚等在朝士大夫的欣赏和帮助。

但李商隐的科举之路并不顺利，直到二十三岁再试不中，李商隐回到河南老家，上玉阳山学道。

据说，李商隐是奉母命上山学道的。当时崇道之风盛行，唐朝皇帝为了让天下人将李姓奉为神明，自称是太上老君李耳的后裔。于是，天下兴起一片重道扬道之风，甚至连皇族子弟都争相前去道观修行。在此风气的影响下，李商隐的母亲便让他前往玉阳山上的清都观修行。

在玉阳山上，李商隐一边温书，一边学道，就是在这段日子里，他遇到了人生中第一段爱情。

那一日，道观内正在举办一场隆重的活动，一位皇族公主莅临道观，两位侍女跟在她身后侍奉。万千红尘之中，李商隐无意中与一位侍女四目相对，那一刻，一种别样的情愫在空气中缓缓蔓延。

那侍女是公主的贴身侍女，名叫宋华阳。能被公主选为贴身侍女的女子，必定容貌出众，且才华横溢。宋华阳便是这样的女子，且尤为擅琴。

只一眼，李商隐便对她念念不忘。那日公主一行人离开后，李商隐回想与宋华阳的初遇，辗转难眠，一连写下两首无题诗，一字一句皆是爱而不得的相思。

无题

其一

凤尾香罗薄几重，碧文圆顶夜深缝。

扇裁月魄羞难掩，车走雷声语未通。

曾是寂寥金烬暗，断无消息石榴红。

斑骓只系垂杨岸，何处西南任好风？

其二

重帏深下莫愁堂，卧后清宵细细长。

神女生涯原是梦，小姑居处本无郎。

风波不信菱枝弱，月露谁教桂叶香？

直道相思了无益，未妨惆怅是清狂。

深夜相思，何其幽怨，更何况，她是公主侍女，他是白衣书生，那相思或许本就无望。回想偶遇之时的情景，李商隐越发渴望与惆怅。他期待有缘能再相遇，于是，那余下的漫漫长夜，便被深情的期待充斥着。

那一日，宋华阳追随着公主匆匆离开道观，李商隐因为害羞，竟没能与宋华阳说上一句话。这一场未通语言的相遇，让李商隐越发觉得可惜。也正因为懊悔，这次相遇也就越加清晰地刻在李商隐的记忆中。

惋惜、怅惘、深情地回味，交织成复杂的心境。而那次匆匆相遇之后，李商隐就再未收到宋华阳的任何音讯。多少次，他独自伴着逐渐黯淡下去的残灯度过寂寥的不眠之夜，转眼春日已逝，李商隐竟生出些许青春虚度的怅惘与伤感。

他听说，宋华阳就随公主在距离清都观不远的地方学道，可惜，他们咫尺天涯，竟无缘会面。李商隐甚至希望能有一阵好风将自己送到宋华阳身边，虽然深知他们之间无望，却还是想要执着地追求。

有时，李商隐会在梦中与宋华阳相会，梦醒之后，回味梦中情景，又是怅然若失，独自伤感。然而，他还是享受着爱情带来的折磨，甚至下定决心，要想方设法去追求幸福。

李商隐想象着宋华阳每天过着怎样的生活，一个侍奉公主学道的侍女，应该也是身处寂静孤清的环境之中吧？不知她是否也曾因为生活寂寞清冷而幽怨，更不知她是否也曾幻想过遇到有情郎。但李商隐确定，那一日的对视，他分明从宋华阳的眼神中看到了爱意，那目光仿佛在对他柔声地诉说：她自己就像柔弱的菱枝，却无月露使之飘香，即便正遭遇生活的摧残，却得不到爱与同情。

唐朝公主出家修道极为常见，她们时常举办音乐茶会，高朋满座，探讨诗词歌赋。陪公主一同修道的宫女，自然也是百里挑一、才艺双修的女子。公主时常来道观，李商隐终于又等到了与宋华阳的重逢。

这一次，李商隐不愿再错过表达爱意的机会。他将早就写好的情诗偷偷塞进宋华阳手中，宋华阳早已对李商隐动情，那首诗中暗藏的情愫，彻底敲开了少女的心门：

碧瓦

碧瓦衔珠树，红轮结绮寮。

无双汉殿鬓，第一楚宫腰。

雾唾香难尽，珠啼冷易销。

歌从雍门学，酒是蜀城烧。

柳暗将翻巷，荷欹正抱桥。

钿辕开道入，金管隔邻调。

梦到飞魂急，书成即席遥。

河流冲柱转，海沫近槎飘。

吴市蠙蠵甲，巴賨翡翠翘。

他时未知意，重叠赠娇饶。

诗中暗含着李商隐对宋华阳的相思之情，他想要告诉宋华阳，自己因为对她的思念而辗转反侧，彻夜难眠，积思成梦。这首诗就是李商隐从思念宋华阳的梦中醒来后即刻所作。聊诉相思，却因为没有青鸟替他传信，好不容易等到重逢，才把这首诗塞进宋华阳手中。

一首诗，开启了一段情。自此以后，宋华阳时不时便会溜出来与李商隐相会。两情缱绻，说不完的情话缠绵。在李商隐心中，宋华阳就像翩翩仙子坠落凡尘，令他坠入爱河，无法自拔。

相会时，宋华阳总是幽幽地向李商隐倾诉自己的心事。她说，公主过惯了宫廷中自由奢华的舒心生活，到了嫁龄，皇家开始为公主挑选驸马，可公主却担心驸马不合心意，更担心出嫁以后的生活不似从前自由，于是索性以入道清修的方式来逃避婚姻。

宋华阳自幼服侍公主，公主清修时便挑选她为贴身侍女。公主身份贵重，即便进入道观清修，同样可以无拘无束地追求自己想要的生活。可身为侍女的宋华阳，生活中就只剩下服侍公主这一件事，再无自由可言。

她们居住的道观是皇家修建的，既恢弘又豪华。因为公主在此处清修，这里的香火也格外兴盛。白天道观中都是一派热闹景象，那些陪同公主一同清修的侍女，也都身着飘逸淡雅的衣裙，如同落入凡间的仙女，人人称羡。可只有她们自己知道，她们已被冠上“女道士”的身份，每日穿梭在道观与林野之间，做的都是侍奉公主生活起居的琐事。

身在皇宫的宫女，还有到了年纪出宫嫁人的那一天。像宋华阳这样陪同公主入道清修的侍女，却被断绝了人间情爱，若公主选择终生修道，她们便只能至死陪伴公主。

正值妙龄的女子，哪能不渴望被心上人疼爱？尤其像宋华阳这般才貌俱佳的女子，遇上李商隐这样的翩翩少年书生，难免一见倾心。

宋华阳说，公主给随侍的侍女制定了严格的清规戒律，就是为了约束她们。因为这些清规戒律，宋华阳与李商隐见上一面非常困难，虽然近在咫尺，却难得相会。

在不能见面的日子里，李商隐会暗中求助其他侍女，将自己所写的一首首情诗传送到宋华阳手中，以此表达自己的心意。

无题

相见时难别亦难，东风无力百花残。

春蚕到死丝方尽，蜡炬成灰泪始干。

晓镜但愁云鬓改，夜吟应觉月光寒。

蓬山此去无多路，青鸟殷勤为探看。

因为极度相思，李商隐才有如此深沉的感叹。在聚散两依依中，他更能感受到别离的痛苦。沉浸在一段缠绵悱恻的爱情中的两个人，却要被迫忍受别离之苦，每一次见面后分开，两人都是万般不舍。

分别的日子里，两个人就像春末凋谢的春花那般了无生气，相聚不易，离别后又要承受情感的煎熬，这对恋人实在辛酸。

李商隐偏又是个痴情人，对爱情有九死而不悔的追求，他对宋华阳的痴情思念，如同春蚕吐丝，至死方休。

期盼相见的日子是那样痛苦，相会无期，前途无望，李商隐一度觉得自己可能一生都将处于这样的相思之中。不过，他希望宋华阳了解自己的心思，哪怕这样的痛苦终生相随，他亦无怨无悔。

他也能够想象出宋华阳对自己的相思之苦，不能见面的日子里，她应该是常常对镜抚鬓自伤吧？因为思念的折磨，她一定也是辗转难眠，容颜憔悴。一想到此，李商隐便无比心疼。

他们的每一次相会，都只能在晚上。花前月下，月色朦胧，反而更添浪漫美好。爱情与修道实在难以两全。每一次分别之时，李商隐都会渴望尽快相会。可即便如此，“相见时难”的痛苦还是没能得到丝毫缓解，不过是无望中抱有一丝期望罢了。

又是一次分别之后，李商隐想到深锁道观之中的宋华阳和她的姐妹们过着何等艰难的日子，相会时的柔情蜜意，现在回想起来仿佛幻觉。不能见面的日子，李商隐时常远远地望着宋华阳所在的华丽道观，抬头出神地仰望那高楼之上悬挂的水晶帘，想象那里就是寂寥的月宫，宋华阳身处其中，一定像嫦娥一样，后悔偷了灵药，才让自己陷入无边的寂寞之中吧？

嫦娥

云母屏风烛影深，长河渐落晓星沉。

嫦娥应悔偷灵药，碧海青天夜夜心。

李商隐仿佛能想象出宋华阳永夜不寐的情景，她室内的烛光越来越暗，云母屏风上也笼罩着一层深深的阴影，一派空寂清冷。她曾对李商隐说过，自己时常在长夜中独坐，心境黯然。每当听到这些话，李商隐总会把宋华阳抱得更紧，仿佛想用自己的体温来温暖她那颗长期孤寂冰冷的心。

宋华阳曾说，她时常在深夜遥望银河，想象着隔河遥望的牛郎与织女，既羡慕他们的爱情，又惋惜他们的别离。想着想着，漫漫长夜就这样熬过去了。反而是银河逐渐西移，即将消逝的时候，她才会更加伤感。因为就连牛郎、织女都即将从长夜中消逝了，这是在无边的黑夜里仅能陪着她的“人”，他们的消逝，也宣告着又一个寂寞的日

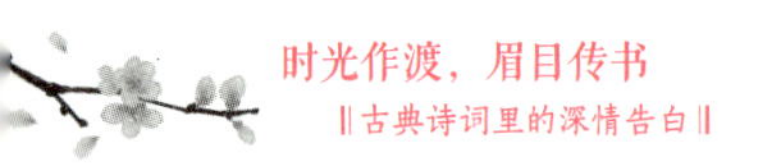

子即将开始。

空旷的天宇，点缀着寥落的晨星，宋华阳觉得自己就像一轮孤月，一颗心也随着晨星逐渐下沉。这些话，她只能说给李商隐听，因为在寂寞道观里，没有人在乎她的心事，更无人能懂。

于是，李商隐便将这首《嫦娥》诗送给宋华阳。宋华阳读罢，泪水在一瞬间汹涌。他果真是最懂她的人，那孤居广寒宫殿，寂寞无伴的嫦娥，不正和自己的处境与心情相似吗？她们都年年夜夜幽居深宫，面对碧海青天，寂寥清冷之情难以排遣。可是，嫦娥是自己选择偷食灵药，身为侍女的宋华阳却根本没有选择自己人生的资格。她能理解嫦娥的孤寂心境，却连一句“同病相怜”都没有资格说。

宋华阳遇到李商隐，就如同遇见了知己，他们剥开重重迷雾，才有今生的缘分，这样一段际遇，足够令彼此感恩。

宋华阳写给李商隐的每一封信，都被他好好珍藏起来。他迷恋宋华阳那一笔凤篆小字，更欣赏她的才华。像这样一位才貌兼备的女子，若一生埋没于道观之中，实在有些可惜。

在李商隐写给宋华阳的诗中，时常出现“水精”（即水晶）二字，用来指代宋华阳所居住的地方，更可以指代宋华阳本人。在李商隐心目中，宋华阳居住的地方是非常洁净的，她本人更有水晶一样的光彩，勾起他层层的爱慕与相思。

对宋华阳缠绵悱恻的相思，贯穿了李商隐一生。她虽只是一名侍女，在李商隐心中却有举足轻重的地位，李商隐对宋华阳在爱慕的同时，还有尊重。于是，他愿意用世界上最美的词汇来形容她，她有着萼绿华一样的美貌，也有着嫦娥一样的清冷气质，李商隐愿意给她爱的承诺。可是，在他的诗中，却始终暗含着一种不动声色的惋惜。

爱而不得的凄凉

李商隐与宋华阳虽然只能靠书信传情，情思却日渐浓厚。宋华阳偶尔偷跑出来，在日暮月夜与李商隐见面，他们总有说不完的话，诉不完的情，爱得如胶似漆，难舍难分。

李商隐曾以为，这样一段爱情能填满他所有的遗憾，却不知，制造出更多遗憾的，偏偏是爱情！

这段不被准许的恋情，最终还是被公主发觉了。所幸，公主并未对他们痛下杀手，而是从轻发落，将李商隐逐出道观，宋华阳也被遣送回皇宫。从此，这段良缘被生生隔断。

宋华阳无法决定自己的出路，李商隐也没有能力争得爱情的自由。二人被迫别离，情深难寄的李商隐，为心爱的女子写下《碧城三首》，这段未果的真挚爱情，终寄于诗，千载流传。

碧城三首

其一

碧城十二曲阑干，犀辟尘埃玉辟寒。

阆苑有书多附鹤，女床无树不栖鸾。

星沉海底当窗见，雨过河源隔座看。

若是晓珠明又定，一生长对水晶盘。

其二

对影闻声已可怜，玉池荷叶正田田。

不逢萧史休回首，莫见洪崖又拍肩。

紫凤放娇衔楚佩，赤鳞狂舞拨湘弦。

鄂君怅望舟中夜，绣被焚香独自眠。

其三

七夕来时先有期，洞房帘箔至今垂。

玉轮顾兔初生魄，铁网珊瑚未有枝。

检与神方教驻景，收将凤纸写相思。

武皇内传分明在，莫道人间总不知。

像宋华阳这样陪公主修道的侍女，最令人心疼。她们身虽入道，情欲却未断绝，住在如同仙境般华丽的道观里，看似身份高贵，却每日都在痛苦中煎熬。借书传情、佳期幽会，是她们人生中最大的奢望。或许，曾与李商隐有过一段情的宋华阳，已算得上幸运，道观中还有更多侍女，都只能终生清冷独居，宛如陷入无边的黑暗，从未感受过爱情的温暖。

李商隐去世前，还独自拖着病体，在某个秋风萧瑟的夜晚，独自登上西楼，看庭院中疏竹摇曳，宛若宋华阳年轻时的飘逸倩影。他不禁睹物思人，将如梦前尘，化作一首千古绝唱：

锦瑟

锦瑟无端五十弦，一弦一柱思华年。

庄生晓梦迷蝴蝶，望帝春心托杜鹃。

沧海月明珠有泪，蓝田日暖玉生烟。

此情可待成追忆，只是当时已惘然。

所有执着的爱恋与绵长的相思，都成为南柯一梦。这段缠绵却又沉痛的恋情，在李商隐的心灵深处，留下了无法磨灭的伤痛，令他此生都无法释怀。

话说李商隐离开五阳山后，在洛阳备考。在洛阳城中，李商隐的大名被越来越多人所知。也曾有人上门说媒，但都被李商隐用“专心备考”作为借口搪塞了过去。他依然没能忘记宋华阳，搬到洛阳之后，还曾用哀婉缠绵的诗句来祭奠那段搁浅的爱情。

燕台四首·春

风光冉冉东西陌，几日娇魂寻不得。

蜜房羽客类芳心，冶叶倡条遍相识。

暖蔼辉迟桃树西，高鬟立共桃鬟齐。

雄龙雌凤杳何许？絮乱丝繁天亦迷。

醉起微阳若初曙，映帘梦断闻残语。

愁将铁网罥珊瑚，海阔天翻迷处所。

衣带无情有宽窄，春烟自碧秋霜白。

研丹擘石天不知，愿得天牢锁冤魄。

夹罗委箧单绡起，香肌冷衬琤琤珮。

今日东风自不胜，化作幽光入西海。

田野风光如此多娇，可是那个让李商隐梦寐以求的人却不知去向，寻遍人间也寻不到。李商隐寻找宋华阳，就像蜜蜂寻找芬芳的花朵，天下美好娇艳的花那样多，却没有属于他的那一朵。他想问问上天，究竟怎样才能与宋华阳团聚，可上天沉默不语，不肯回答。

不知何时，他开始白日饮酒，借着酒意沉沉睡去。许多次，他从醉梦中醒来，看到落日的余晖，却误以为曙光初现。在梦中宋华阳说的话语依稀还萦绕在李商隐的耳边，可在现实世界里，海天茫茫，李商隐找不到有关她的一丝踪迹。

那段逝去的爱情，让李商隐日渐消瘦。他的生命里仿佛再也没有了春天，整个人都无精打采。他有时甚至悲观地想：或许宋华阳已不在人世。如果真是这样，他愿意到天牢打开枷锁，救出宋华阳的冤魂，为她换上精美的罗衣，佩戴上精致的美玉。她那闭月羞花的美丽，一定会让明媚的春光也自惭形秽。

李商隐太想知道宋华阳如今面临怎样的处境，是否在艰难的环境里，依然怀抱对爱情的期望。如果可以，他宁愿用功名换取与爱人天长地久的厮守，将生活的全部重量都压在自己身上，换取宋华阳的自由。

李商隐依然保留着宋华阳送给他的耳环和情书，唯有这些小物件，还依稀残留着爱的信息。每次翻看那些情书，李商隐都会泪湿衣襟。那些情书里残留着宋华阳的气息，可是在翻看了无数次之后，那些气息也渐渐变淡了。

李商隐就这样寻找了四季，依然没能找到宋华阳的身影。每过一个季节，他的心境都会黯淡一些，从企盼重逢，到心死，他与宋华阳之间的爱情，最终是一场悲剧。

与君折柳成虚幻

一段刚刚开始的爱情，转眼间成了今生最无奈的错过。李商隐写给宋华阳的每一首诗，都是对往日恋情的祭奠。诗中的感情太过哀婉与炽烈，不经意间，竟叩开了另一名少女的心门。

那女子名叫柳枝，年方十七，是洛阳城中一位富商的女儿。柳枝的父亲不幸在经商途中离世，母亲便更加将柳枝视若珍宝，百般呵护。

李商隐的侄子李让山与柳枝家住得很近，那年春阴时节，李让山在柳枝家南侧的柳树下吟诵李商隐的《燕台四首》，刚巧被柳枝听到，便惊讶地上前询问，这首诗是何人所作？李让山回答这是自家小叔所作的诗。柳枝听罢，用手撕下一截罗带，请李让山转赠给李商隐，说自己想要向李商隐求诗一首。

李商隐从李让山处得知，柳枝虽是富家女，却不喜欢涂脂抹粉，也不喜欢穿华丽的衣裳，平日里最讨厌这些女子打扮的琐碎事情，往往穿戴到一半，便被庭院中的花开叶落所吸引，时不时还会拿出乐器，吹奏出天海风涛一般幽深有情的曲调。

第二日，李商隐牵马来到柳枝家的巷口，见到柳枝梳着两个鬟髻，站在门前。她视李商隐为贵客，为了见他，还特意梳妆打扮了一番。见到李商隐，柳枝抬起一只衣袖，向李商隐轻轻一指，问道：“这就是叔叔吧？”

她仿佛心中早有答案，不等李商隐回答，又径自说道：“三天后，我在那水边焚香以待，请您为我写诗，一同过节。”

李商隐不忍拒绝这样一个浪漫无拘的女子，当即答应下来。然而，李商隐当时正准备去长安参加科举，本想为柳枝写诗之后再出发，不料，他的一个朋友开了一个不大不小的玩笑，偷偷拿了他的行李，先出发前往长安了。李商隐无法久留，只能快马加鞭跟了过去。

到了冬日下雪的时候，李让山也来到了长安。交谈中，他们提起了柳枝。李让山说，柳枝已经嫁人了。

写诗的人尚未兑现承诺，那个曾以罗带乞诗的姑娘却已嫁人。李商隐忽然感到内心不安，仿佛有一种来不及倾泻的情感，不知该往何处安放。

次年，李让山将东归洛阳，与李商隐在长安东的戏水边分别，两人风尘仆仆，交谈间却还是少不了与柳枝有关的话题。她虽已嫁作人妇，但李商隐总觉得自己欠她一个赠诗的承诺。他们或许此生都不再有缘相见了，李商隐感慨万千，便铺纸研磨，片刻工夫，写成了一组五言绝句，托让山回到洛阳后将此诗留墨于去年与柳枝相见之处。

柳枝五首

花房与蜜脾，蜂雄蛱蝶雌。
同时不同类，那复更相思。

本是丁香树，春条结始生。
玉作弹棋局，中心亦不平。

嘉瓜引蔓长，碧玉冰寒浆。
东陵虽五色，不忍值牙香。

柳枝井上蟠，莲叶浦中干。
锦鳞与绣羽，水陆有伤残。

画屏绣步障，物物自成双。
如何湖上望，只是见鸳鸯。

在诗句的前面，李商隐又附上一段长序，详尽讲明了他与柳枝之间的相遇与错过。或许，匆匆一场相逢，并不能让李商隐对柳枝产生爱情，但却足够令人为之惋惜。

李商隐因为柳枝嫁人而心生惆怅与失落。他忽然想感叹命运的不公，却又不知该去哪里求得公正。如果柳枝的夫君真的是不懂风花雪月的俗人，那实在可惜了像柳枝这样碧玉雕琢般的女子。既然无缘当面赠诗，李商隐便将这首诗交给李让山，再三叮嘱他，将诗句题写在柳枝家附近二人相见之处，算是对她罗带乞诗的答谢，也算是兑现了许她的承诺。

可惜，这兑现来得太迟，一次错过，便已前尘隔海。

与柳枝的邂逅，是李商隐人生中一段极美的插曲。那倏然一次回眸虽然惊艳，双方也终究只能被尘世的洪流裹挟着，奔向各自不可预知的前路，转眼间便错失彼此。

有时，李商隐甚至羡慕那个娶了柳枝的“东诸侯”。可是，若当初柳枝嫁给了李商隐，也未必有幸福可言，毕竟他只是一介文士，功名遥不可期，又怎能许她一个锦绣未来？于是，有些尚未来得及发生的情感，只能停留在一首首寻梦的情诗里。

后来，李商隐进士及第，终于步入仕途。然而，他此后的仕宦生涯可谓跌宕起伏。他在权力斗争中惨遭排挤，因仕途不得志而郁郁寡欢。

再后来，李商隐娶了妻子，却因为这段婚姻彻底陷入党争之中。在各种政治报复之下，李商隐颠沛流离，辗转各地，好在，他与妻子的爱情是真挚的，即便两人天各一方，李商隐也常将思念化作句句情话，寄给远方的妻子，互托相思。

可惜，李商隐的妻子刚刚年过三十，便病重离世。再多的情诗，都没能弥补李商隐的遗憾。此后，他再也没有爱上任何人。妻子离世后，无论山川河流、日月星辰，再无人一同欣赏。

仿佛生命中的一部分已随着妻子先行离去，李商隐骤然间苍老了许多。此后，他写了许多悼亡诗，却无人知晓其中是否也有部分诗作是在悼念曾经那两段逝去的爱情。

宋华阳、柳枝、妻子王氏，一个个先后消失在李商隐的生命中。

他深知自己的前程早已没有翻身的可能，更加知晓，余生再也不会遇到那样美好且坚定的爱情。

那些凄迷哀婉的诗句，仿佛凝聚了李商隐一生缱绻的情思，那些朦胧与伤感，在诗句中凝结成梦境，唯美动人，温润着人们柔软的心。

天长地久有时尽，此恨绵绵无绝期

李隆基与杨玉环：舞一曲霓裳，倾尽天下

一句“红颜祸水”，轻而易举便将君王的昏庸归咎于美人。从杨玉环到杨贵妃，这个集万千宠爱于一身的女子，曾与唐玄宗李隆基有过“在天愿作比翼鸟，在地愿为连理枝”的爱情，也曾背负“祸国”的骂名。世人都说，正是皇帝与贵妃之间如胶似漆的恩爱，才误了大唐的江山。其实，这段恋情从一开始，就注定走向悲剧结局。

杨家有女初长成

开元七年（公元719年），杨玉环在一个官宦世家中出生。弘农杨氏自汉代以来就是名门望族。杨玉环的高祖父杨汪是隋朝尚书左丞、国子祭酒，父亲杨玄琰曾担任蜀州司户。杨玉环幼年时，父亲在蜀州任上病逝，她因此被寄养在洛阳的三叔家中。

优越的教育环境，让杨玉环渐渐长成一位通音律、擅歌舞、擅弹琵琶的少女，随着年龄的增长，她的容貌越发出众，多少世家公子只见过一眼便念念不忘，为之动情。

杨玉环十五岁那一年，作为官宦之女，在洛阳出席了一场盛大的婚礼。婚礼的主角是唐玄宗的女儿咸宜公主，在这场婚礼上，杨玉环与唐玄宗之子——寿王李瑁相遇了。

在见面之前，寿王便已经听说过杨玉环的芳名。第一眼见到杨玉环，寿王便想起李延年那首“北方有佳人”。她的天姿国色犹如瀚海明珠，一瞬间就闯入了寿王心底。寿王已至纳妃之年，杨玉环又待字闺中，一场皇家与官宦之家的联姻，顺风顺水地发生了。

寿王李瑁对杨玉环一见钟情，恳请母亲武惠妃为自己和杨玉环赐婚。他们一个天生丽质，一个是当朝皇子，可谓良配。可惜，从与杨玉环成婚的那一天起，寿王李瑁就注定只能吞下命运塞进口中的苦果。

寿王的母亲武惠妃是唐玄宗当时最宠爱的妃子。她自幼在宫中长大，性情乖巧，善于逢迎，深得唐玄宗欢心。她为唐玄宗生下四子三女，每一个子女都因为母亲得宠而受到唐玄宗偏爱。在后宫，她的名分虽然只是妃子，但因为唐玄宗的专宠，宫中对待她的礼节等同于皇后。

在武惠妃的请求下，唐玄宗立即下诏，册立杨玉环为寿王妃。十六岁的杨玉环，拥有了一场属于自己的盛大婚礼，寿王与她，郎才女貌，恩爱异常。世人皆说，有情人终成眷属，是世间最大的幸运。那么，终成眷属之后却被棒打鸳鸯，或许便是这世间有情人最大的不幸。

杨玉环与寿王之间的不幸，从武惠妃离世那一年开始。武惠妃为了让寿王成为太子，先是设计让唐玄宗废了王皇后，又设计害死了太子和两位皇子。或许是因为害了太多人命，武惠妃从此深陷惊恐之中，总是梦见冤魂向自己索命，不久便死去。

唐玄宗失去了最宠爱的妃子，渐渐也放弃了立寿王为太子的念头。他终日郁郁寡欢，虽然官员们时常找来有姿色的美女为唐玄宗充斥后宫，却没有一个能像武惠妃那样得到唐玄宗的宠爱。

后宫佳丽三千人，却无一人能让唐玄宗中意。不知何人在此时向唐玄宗进言，说寿王妃杨玉环“资质天挺，宜充掖庭”，于是，唐玄宗便将杨玉环召进了皇宫。

杨玉环虽已嫁作寿王妃，但市坊之间，关于她美貌的传闻却从不曾休止。一来二去，杨玉环的美貌之名便传入了有心人耳中，又说给唐玄宗听。

此时的唐玄宗，正需要一个能替代武惠妃的“绝世无双”的女子，而这个女子，便非杨玉环莫属。

汉皇重色思倾国，御宇多年求不得。
杨家有女初长成，养在深闺人未识。
天生丽质难自弃，一朝选在君王侧。
回眸一笑百媚生，六宫粉黛无颜色。

那时的杨玉环，姿容俏丽，体态丰盈，举手投足之间，颇有武惠妃的风韵。唐玄宗似乎从她的身上找到了武惠妃的影子，对她一见倾心，再不舍得将她放出宫。

能做出将儿媳留在后宫这样的决定，实在是荒唐之极。在一手缔造了“开元盛世”之后，唐玄宗渐渐变得散漫。仿佛是觉得自己前半生过得太克制，后半生便要变本加厉地享乐。

他本就是一位多情的皇帝，据说，唐玄宗曾深深迷恋一个名叫“念奴”的歌姬。念奴每一次为唐玄宗献唱时，都会频送秋波，眼波流转间，将唐玄宗迷得无法自拔，那著名的曲牌名“念奴娇”，便出自其名。

唐玄宗登基之前，曾出任潞州别驾。那时，他与赵丽妃爱得情深，可是，不久后他又迷恋上钱妃。在藩邸时，除了赵丽妃和钱妃，得宠的还有德仪皇甫氏、才人刘氏等。

唐玄宗是个浪漫的皇帝，有些多愁善感。能让他钟情的女子，不光要有绝美的姿色，更要知书达理，还要通晓音律。他想要的不只是美貌的女子，更是一个知心人。

杨玉环的出现，几乎让唐玄宗立刻认定，他又找到一个能走进自己内心的女子。杨玉环的容貌果然是天下少有，更难得的是，她还机灵懂事，且能歌善舞。

唐玄宗虽然对杨玉环一见倾心，却不能堂而皇之地将其收入后宫。此时的杨玉环，还是唐玄宗的儿媳，霸占儿子的妻子，自然会引来世人非议。为了长久地得到杨玉环，唐玄宗必须要想一些冠冕堂皇

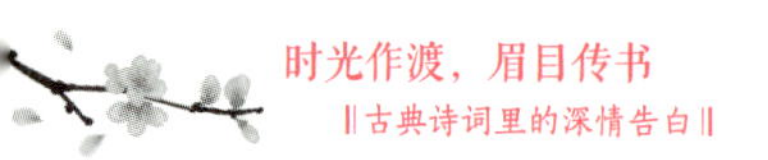

的理由。

唐玄宗能想到的最好的办法，便是效仿先人，将杨玉环送入道观，改换身份，成为单身的出家女冠，然后再将其纳入宫中。

正月初二是唐玄宗生母窦太后的忌日。每年的这一天，唐玄宗都要到母亲坟前祭扫一番，告慰母亲的在天之灵。开元二十九年（公元741年）的正月初二这一天，与以往的每一次祭扫都大不相同，从这一天起，杨玉环将正式成为女冠，入道观修行。

在窦太后忌日的这一天，唐玄宗颁布了一道诏书，其中写道："圣人用心，方悟真宰，妇女勤道，自昔罕闻。寿王瑁妃杨氏，素以端懿，作嫔藩国，虽居荣贵，每在精修。属太后忌辰，永怀追福，以兹求度，雅志难违。用敦宏道之风，特遂由衷之请，宜度为女道士。"

寥寥数语，便将杨玉环说成一名信奉道教，且极重孝道的女子。诏书中说，杨玉环为了给故去的窦太后祈福，自愿出家为女冠，从此舍弃俗世身份。

不知收到这道诏书的杨玉环，究竟有着怎样的心境。是不忍心与心爱的夫君分别，嫁给年迈的公公唐玄宗，还是迫不及待地成为当朝皇帝的宠妃，从此一人得道，鸡犬升天。

唯一可以确定的，是寿王李瑁得知这道诏书的内容后，从此一蹶不振。在大唐的江山社稷里，身为皇子的他无法违逆他的皇帝父亲。据说，自从杨玉环被唐玄宗强行带走，寿王便经常酗酒，且精神逐渐失常，不仅失去了成为太子的资格，而且逐渐被唐玄宗冷淡对待。

天宝四载（公元745年），唐玄宗将韦昭训的女儿册立为新的寿王妃，似乎是在以这样的举动对寿王进行弥补。紧随其后，唐玄宗将杨玉环册封为贵妃，从此，杨玉环成为后宫最受宠的女人。

在后宫里，唐玄宗会亲昵地称呼杨玉环为“娘子”，自从当年王皇后被废，唐玄宗再未册立过皇后，杨玉环所享受的一切待遇、仪体，均等同于后宫正位，除了皇后的名分之外，杨玉环已经拥有了后宫女人所渴望的一切。

从此君王不早朝

《长恨歌》中写道：

春寒赐浴华清池，温泉水滑洗凝脂。
侍儿扶起娇无力，始是新承恩泽时。
云鬓花颜金步摇，芙蓉帐暖度春宵。
春宵苦短日高起，从此君王不早朝。
承欢侍宴无闲暇，春从春游夜专夜。

有了杨玉环作伴，唐玄宗从此夜夜春宵帐暖。在唐玄宗眼中，她是世间尤物，这世间万千美好，仿佛集于她一身。杨玉环回眸一笑，六宫粉黛便失了颜色，她便是唐玄宗的“江山”，坐拥她在怀中，还哪有心思日日早朝？

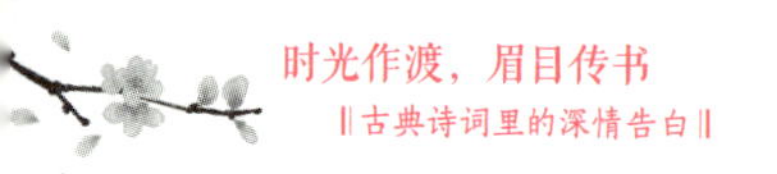

不知从何时起，唐玄宗就已经厌倦了与朝政为伍的生活。他曾亲手创立了一代盛世，这样的成绩还不足以让他后半生及时行乐吗？此时的大唐，疆域辽阔，万国来朝，举朝上下皆是名臣、名将，创下如此不世功勋，试问有哪个皇帝不自豪，不骄傲？

于是，晚年的唐玄宗不再执着于建功立业，他只想趁着有生之年，好好享受一下爱情。他再也不要听从那些忠臣的劝说，那些曲意逢迎的话语才足够动听。

再紧急的朝政，也比不上杨玉环的笑靥。只要她能欢心，唐玄宗愿意放下皇帝的身段，百般讨好。在皇帝的宠爱下，杨玉环有穿不完的新衣，吃不完的荔枝，她从不在乎有多少匹马累死在运送荔枝的路上，只在乎皇帝肯在她身上花多少心思。

唐玄宗爱屋及乌，将对杨玉环的宠爱延续到她的家人身上。杨玉环有三位姐姐，皆受到唐玄宗礼遇恩宠，又将武惠妃所生的太华公主嫁给杨玉环的堂兄杨锜。据说，当时王公大臣的儿女婚嫁之事，都必须经过杨玉环的三位姐姐做媒，并要对她们奉上丰厚的谢礼。所谓“一人得道，鸡犬升天”，杨玉环的堂兄杨国忠本是市井无赖，却依仗杨玉环的恩宠，攀上宰相之位，唐玄宗从此彻底将国事交给杨国忠，自己更有了纵情声色的理由。

从此，杨玉环与唐玄宗形影不离。但凡唐玄宗所去之处，皆有杨玉环陪侍。唐玄宗对杨玉环如此情深意切，不只因为她姿容出众，更因为她善解人意。

曾有一次，唐玄宗与亲王在树下下棋，杨玉环抱着宠物狗在一旁观战。棋局下不多时，唐玄宗眼看就要输棋，正在尴尬之时，杨玉环灵机一动，把怀中的小狗抛到棋盘上，扰乱了棋局。唐玄宗哈哈大笑，事后直称杨玉环是自己的解语花。

她又何止是唐玄宗的“解语花”？更是唐玄宗的“忘忧花”“销恨花”。杨玉环虽有城府，归根结底还是一名烂漫的女子。寒冬腊月时，她拿着两根房檐上结的冰条玩儿，唐玄宗问她拿的什么，她说是“冰箸”。将冰条说成“冰筷子”，这种比喻立刻逗乐了唐玄宗，连声对左右侍从说：“妃子聪慧，比象可爱也。”

如此让人爱不释手的女子，怎能让唐玄宗不将世上最好的一切都赐予她？大唐盛世之时，万国物产皆荟集长安，香料、珠宝、乐器、胡食……充斥长安东西市，囊括四海，无奇不有。

曾有交趾国使者进贡名贵香料“瑞龙脑”，是龙脑树脂蒸馏之后得到的结晶，状如蝉蚕，奇香扑鼻。如此珍贵的香料并不易得，唐玄宗赏赐给杨玉环却毫不吝啬。杨玉环身上的瑞龙脑香气扑鼻，十几步之外都清晰可闻。

杨玉环体态丰腴，她穿的裤袜上绣有鸳鸯并蒂莲，唐玄宗戏言这鸳鸯莲花是绕白藕而生，此后，杨玉环便用“藕覆”来为裤袜命名。

富态的身姿并未影响杨玉环高超的舞技。她尤其擅长跳胡旋舞，舞起来有天女之姿。除了跳舞，杨玉环还擅于击磬，所击出的音乐与众不同。唐玄宗特意为杨玉环用蓝田绿玉制作了专用的磬，又加上金坠、珍珠等各色贵重饰物，还用黄金打造了两只各两百斤的狮子作为磬的架子。

唐玄宗本就是喜好音律之人，若论音乐才情，在唐朝诸多皇帝之中，无人能出其右。他不仅擅长乐器，还懂得作曲。在唐玄宗设立的“梨园”中，诞生了许多曲艺家，许多梨园出身的歌伎，甚至是由唐玄宗亲手调教出来的。

同样擅长音律与歌舞的杨玉环，与唐玄宗有说不完的共同话题。唐玄宗曾让杨玉环用琵琶演奏乐曲，自己则与其他四名乐师为她伴奏。杨玉环的琵琶声与唐玄宗的羯鼓相结合，竟演奏出一段天籁之声。两人还时常一同作曲，《霓裳羽衣曲》便是二人共同谱写而成，霓裳羽衣舞也成了杨玉环的绝技。

骊宫高处入青云，仙乐风飘处处闻。
缓歌慢舞凝丝竹，尽日君王看不足。

如此佳人，唐玄宗怎能不爱？纵然难堵天下悠悠之口，但身为皇帝，唐玄宗又哪管旁人为此聒噪？他是帝王，自认应有帝王的气魄。在唐玄宗看来，他只是纳了一名自己喜欢的女子为妃。儿女私情，似乎已经凌驾于家国根基之上。

花前月下，处处是唐玄宗与杨玉环的旖旎温柔乡。千叶桃花盛开时，唐玄宗亲折一枝插于杨玉环的宝冠上，因为此花最能助贵妃的娇态。

宫中新栽的牡丹盛开，唐玄宗带着杨玉环月夜赏花，并召梨园乐人伴驾。与佳人赏花听乐，哪能听旧曲？为此，唐玄宗特地命李龟年手持金花笺，将时任翰林学士的李白召来撰写新词：

清平调

其一

云想衣裳花想容，春风拂槛露华浓。

若非群玉山头见，会向瑶台月下逢。

其二

一枝红艳露凝香，云雨巫山枉断肠。

借问汉宫谁得似，可怜飞燕倚新妆。

其三

名花倾国两相欢，长得君王带笑看。

解释春风无限恨，沉香亭北倚阑干。

皇命难违，纵然像李白这般清高之士，也不得不对杨玉环的美丽极力歌颂。他把杨玉环比作牡丹，人面花光浑融一片，同蒙唐玄宗的恩泽。那一晚的杨玉环，穿着霓裳羽衣，霓裳映衬着她的玉容。云般的衣裳，簇拥着花朵般的容貌，杨玉环美丽的脸庞，宛若绽放的牡丹。

为了形容杨玉环的美貌，李白不惜用最美好的形容。他将杨玉环的容貌形容得人间绝无仅有，只有在上天仙境才能见到。她就像群玉山头所见的飘飘仙子，就像瑶台殿前月光照耀下的神女，偶然降落凡间，美丽至极。

在李白的笔下，巫山神女的美貌也比不上杨玉环的花容。汉成帝的皇后赵飞燕虽是绝代美人，却要依仗新妆，哪里比得上花容月貌的杨玉环，即便不施脂粉，也是天然绝色？杨玉环的姿色动人，君王自然带笑赏看，只需看上一眼，君王的一切烦恼都烟消云散了。

杨玉环爱极了这三首诗，时常捧在手中吟诵。每一次诵读，她只觉得春风满纸，花光满眼，那诗中牡丹般的玉色美人，就是她自己，那样的国色天香，绝代风华。

曾有一次，唐玄宗在宫里赏着名花，喝着美酒，怀抱美人杨玉环，心满意足地说了一句：我得到贵妃，就好像得到一个宝贝一样。唐玄宗还因此专门谱了一首曲子，命名为《得宝子》。

三千宠爱在一身

喜欢是乍见之欢，爱是久处不厌。唐玄宗与杨玉环之间，似乎也有久处不厌的爱。

起初，杨玉环无法接受唐玄宗的“花心”，也曾为此哭闹、争吵，甚至两次因为嫉妒触怒天颜，被唐玄宗送回娘家，又两次因为唐玄宗的不舍与自己放低姿态求饶而化险为夷。

唐玄宗终究还是一名皇帝，天下所有美好的女子，都可供他选择。他喜欢乐艺高超的美貌女子，不仅宫廷中人四处替唐玄宗网罗，各地也纷纷进献色艺双绝的女子。

偶尔，杨玉环也会对唐玄宗耍小性子。每当唐玄宗宠幸其他后宫嫔妃，杨玉环就会恰到好处地“吃醋”，甚至还会跑回娘家。但只要唐玄宗派人来请，她便会乖乖回宫，绝不将小事化大。

在世人眼中，唐玄宗与杨玉环不像皇帝与贵妃，更像是一对寻常夫妻，有甜蜜，也有磕绊。就在唐玄宗将杨玉环册立为贵妃约一年之时，两人之间便发生了一场小小的风波。

那一次，唐玄宗因为杨玉环“妒悍不逊”，一怒之下将她送回娘家。

杨玉环的父亲和叔父早已离世，说是被送回娘家，其实就是被送回堂兄家。唐玄宗在气头上把杨玉环送走，消气之后又立刻后悔，觉得身边空落落的，仿佛又回到武惠妃离世时那段凄凉孤寂的岁月。

高力士最了解唐玄宗的心思，在一旁为唐玄宗找台阶下。他说：贵妃仓促间被送出宫，她的堂兄家里一定没有来得及准备接待，难免会衣食不周，不如将贵妃宫里所有的陈设、玩物都送过去。

这番话正中唐玄宗下怀，立刻准许。高力士得了皇帝口谕，足足将一百多车物品送到杨玉环堂兄家里。

似乎是觉得这一百车物品还不足表达自己的想念，唐玄宗又将自己的御馔分出一半，特地命高力士送给杨玉环。高力士最了解唐玄宗的心思，便借着这个机会出言相劝。他说：贵妃已经在家闭门思过整整一日，想来已经知错了，不如还是将贵妃迎回宫中吧。

有了高力士给的台阶，唐玄宗自然愿意。在皇帝的授命下，杨玉环被迎回皇宫，一见到唐玄宗，她便伏地谢罪，主动认错。唐玄宗本就不是真的生气，见杨玉环认错，又高兴、又心疼，一把将她拉起，搂在怀中安慰了好半天。第二日，唐玄宗又赏赐杨玉环的三个姐姐每人每年一百万脂粉钱，且从此之后，很少再宠幸其他妃嫔，心里眼里，只剩杨玉环一人。

一场小小的感情风波，非但没有影响唐玄宗和杨玉环之间的感情，反而让两个人更加离不开对方。

这段琴瑟和鸣的日子，持续了三年多。天宝九载（公元750年），唐玄宗又因为杨玉环“忤旨”，再一次将她送回了娘家。

上一次唐玄宗将杨玉环送出宫时，因为思念而茶饭不思。可是这一次送走杨玉环后，他却再没有任何表示。这一下，不仅杨玉环为之惶恐，就连杨家的兄弟姐妹都急得团团转，生怕杨玉环因此失宠，杨家的满门富贵不保。

于是，杨家人辗转求到户部郎中吉温，请他去当说客。吉温伶牙俐齿，心机深沉，他对唐玄宗说：“妇人识虑不远，违忤圣心，陛下何爱宫中一席之地，不使之就死，岂忍辱于外舍邪？”

他的意思是，杨玉环是个“头发长、见识短”的女子，陛下想杀就杀，没有任何问题。然而，她毕竟是贵妃，即便死了，也只能死在宫里，怎能让她在外面忍受屈辱呢？

一番话彻底说动了唐玄宗，立刻派宦官前去看望杨玉环，且和上次一样，又将自己的御馔分了一半送过去。所谓“甘苦共尝”，便在一饭一食之中，送御馔的举动看似简单，实则大有深意。这就像是一种此生一同吃饭的许诺，既实际，又浪漫。

杨玉环早已在家中哭成泪人，见到宦官前来，更是哭得梨花带雨。她知道唐玄宗舍不得自己，便剪下自己的一缕头发交给宦官，说："妾罪当死，陛下幸不杀而归之。今当永离掖庭，金玉珍玩，皆陛下所赐，不足为献，唯发者与父母所与，敢以荐诚。"

这一缕头发，有诀别之意，却是杨玉环的小心思。她深知唐玄宗舍不得与她诀别，便用这样的举动勾起唐玄宗的柔情。

果不其然，当唐玄宗收到这一缕头发，所有的怨气与不满立刻烟消云散，立刻派高力士迎杨玉环回宫。这场风波之后，唐玄宗与杨玉环都意识到彼此在对方心目中的分量，从此愈发恩爱。

后宫佳丽三千人，三千宠爱在一身。

金屋妆成娇侍夜，玉楼宴罢醉和春。

姊妹弟兄皆列土，可怜光彩生门户。

遂令天下父母心，不重生男重生女。

两次被打发回娘家的经历，让杨玉环学会了容纳后宫女子，凡是唐玄宗喜欢的艺人，杨玉环也都"喜欢"，甚至挑选其中最出色的收为徒弟。唐玄宗送杨玉环珍宝，杨玉环便赠给美丽的艺人。杨玉环学会放平心态之后，那些色艺双绝的女子，在后宫中皆是昙花一现，反而从未有人夺走专属于她的宠爱。

"在天愿作比翼鸟，在地愿为连理枝"，是《长恨歌》中的一句诗，也是唐玄宗与杨玉环对彼此许下的诺言。那一年七夕，唐玄宗与杨玉环在骊山并肩而立，仰望天上的牵牛星和织女星，感慨万端。那天晚上，他们偷偷向上天许下这一诺言。可惜，上天并未听到，又或许，上天听到了，却不肯成全。

此恨绵绵无绝期

天宝十四载（755年），安史之乱爆发。《霓裳羽衣曲》就此被惊破，大唐的风流与繁华皆被雨打风吹去。大唐皇帝唐玄宗，曾一手缔造开元盛世，可当安禄山攻破潼关，唐玄宗却早已失去了年轻时的胆魄和雄心。

唐玄宗接受宰相杨国忠的建议，西迁蜀地以避难。天宝十五载（公元756年）六月十三日黎明时分，唐玄宗一行人从禁苑西南面的延秋门悄悄离开，抛弃了长安百姓，仓皇逃往四川。

渔阳鼙鼓动地来，惊破霓裳羽衣曲。
九重城阙烟尘生，千乘万骑西南行。
翠华摇摇行复止，西出都门百余里。

在唐玄宗出宫之前，宦官早已告知沿途的郡县做好迎驾准备，谁料，出逃的当天上午，唐玄宗一行人到达四十里外的咸阳望贤宫时，当地县令竟然早已逃跑，就连外出报信的宦官也不见了。唐玄宗派人去征召吏民，也无人回应。一行人只得饿着肚子，好不容易等到附近百姓送来的一些糙米饭，皇帝和近臣们只能用手抓着吃，却只能勉强吃个半饱。至于随行的士兵们，只能自己前往附近的村庄里讨食。

第二日中午，唐玄宗一行人来到马嵬驿，士兵们又累又饿，情绪极差。此时，禁军长官陈玄礼面请唐玄宗，请求诛杀杨国忠以平民愤。当看到杨国忠正与一众吐蕃使者在驿站门口谈话，士兵们立刻大喊道："杨国忠与胡人谋反！"于是一拥而上将杨国忠杀死，随后将驿站四周紧紧包围起来。

杨国忠被杀之后，众将士一拥而上，杨国忠的儿子、杨玉环的两个姐姐均死于乱兵之中。然而，杀红了眼的将士们并不满足于此，众人认为，是杨氏兄妹让唐玄宗怠慢了朝政，导致安史之乱的爆发。他们将杨国忠的首级悬挂在驿站门前，并且要求唐玄宗赐死贵妃杨玉环。

杀死杨玉环的呼声一浪高过一浪，就连身为皇帝的唐玄宗也无力阻止。他有万般不舍，还企图对将士们动之以情，晓之以理，说贵妃久居深宫，根本不知道杨国忠谋反的事情。

一边是愤怒的将士，一边是年迈的皇帝，眼看局面陷入僵持，最终还是高力士出面解了围。他悄悄告诉唐玄宗，如果不杀杨贵妃，那将士们恐怕连皇帝也不会放过。唐玄宗无奈之下，赐了一条白绫给杨玉环。在高力士的监督下，杨玉环自缢而亡。她死时年仅三十八岁。

六军不发无奈何，宛转蛾眉马前死。

花钿委地无人收，翠翘金雀玉搔头。

君王掩面救不得，回看血泪相和流。

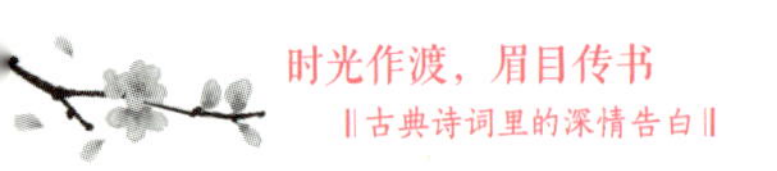

三尺白绫不仅断送了杨玉环的性命，也让她与唐玄宗之间的爱情，与大唐的繁华一起，葬送在烽火硝烟之中。

安史之乱终于平息，可曾经的恩爱与风流，却再也回不去了。唐玄宗“让位”给太子，自己成了太上皇，一个人孤零零地待在冷清的皇宫中，茕茕孑立，形影相吊，说不出的寂寞。

怀念，从杨玉环死去的那一刻开始，从未停止。回到皇宫的唐玄宗触景伤情，正如《长恨歌》中所写：

归来池苑皆依旧，太液芙蓉未央柳。
芙蓉如面柳如眉，对此如何不泪垂？

后人读白居易的《长恨歌》而伤情，诗中写尽了唐玄宗与杨玉环之间的悲欢离合，那样生离死别的爱情，让人记忆深刻。

蜀江水碧蜀山青，圣主朝朝暮暮情。
行宫见月伤心色，夜雨闻铃肠断声。

当年避乱蜀中，唐玄宗曾在赶夜路时途经一处荒山，骤雨将至，却无处歇脚，只能任由偌大的雨点打在身上。手足无措之时，一阵铃音穿过夜雨，像极了杨玉环临死之时的哀吟，引起了玄宗的悼念之思。撕心裂肺的伤痛，最终化成一曲《雨霖铃》，那是唐玄宗亲手为杨贵妃写下的挽歌。

此后，唐玄宗只要思念杨玉环，便会命乐师吹奏《雨霖铃》，以寄托对杨玉环的哀思。

唐玄宗成了太上皇后，住进兴庆宫，那是他当藩王时的旧宅改建而成的，位于坊市之中，最南面的长庆楼紧挨着大街。他时常在长庆楼上停留，或令人吹奏，或召人赐宴，仿佛旧日荣华不曾失去，马嵬之乱只是一场噩梦。然而每每想起发生在马嵬驿的事情，唐玄宗都痛苦不已，感觉自己此生最对不起的人便是杨玉环。

天旋地转回龙驭，到此踌躇不能去。

马嵬坡下泥土中，不见玉颜空死处。

他从蜀地回后，诏令改葬杨玉环，却遭到拒绝。唐玄宗无奈，只能密令宦官前往马嵬驿厚葬杨玉环，可宦官归来后却告诉他，贵妃的尸体早已腐烂，只剩下一个香囊。

手中握着那枚香囊，唐玄宗痛彻心扉。曾经的山盟海誓，都成了旧梦一场，待梦醒来，徒有遗恨伴此残生。

在天愿作比翼鸟，在地愿为连理枝。

天长地久有时尽，此恨绵绵无绝期。

或许，世人对唐玄宗与杨玉环之间的爱情念念不忘，不仅是因为《长恨歌》的影响，更因为皇家真爱的稀缺，因此，这段由心而发的帝王与贵妃之间的爱情，让人感伤唏嘘。

后来有许多文人撰写过与唐玄宗和杨玉环有关的诗词、小说、话本、传奇，有人称她为红颜祸水，有人对她满是悲悯与同情。

然而，是非功过，都由后人评说，那段轰轰烈烈的爱情故事，终究随历史湮入尘埃，只供凭吊。

曾经沧海难为水，除却巫山不是云

元稹与韦丛：用余生相思，还清她前半生

古时才子，若洒脱不羁，便会被冠上“风流”二字。只是，若风流太盛，便会被诟病。世人皆说，元稹一生游遍花丛，多少痴情女子，皆被他的多情辜负。可是，他却曾为亡妻韦丛写下最深情的离歌，一字一句，皆是啼血深情。

纵然在韦丛生前身后，元稹留下颇多风流韵事，但至少在那段只有七年的婚姻里，元稹也曾有过痴情。

不是所有的爱都能开花结果

元稹自幼生长于唐朝东都洛阳，父亲元宽曾任舒王府长史。那时，舒王得宠，甚至能与太子比肩，在舒王的庇佑下，元稹一家也曾有过几年舒心的日子。

然而，随着战乱迭起，朝廷动荡，元稹注定无法成为一个在优渥的物质条件中长大的孩子。他八岁那一年，父亲猝然离世，原本优越的家境，一夕之间跌入谷底。

乱世之下，一个安逸幸福的小家刹那间支离破碎，孤儿寡母就连衣食都难有着落，母亲更不可能为元稹请老师开蒙。

好在，母亲郑氏出身书香门第，她成了元稹的启蒙老师，母亲的悉心教导，加上元稹聪颖争气，很快便显现出过人的天赋。

十五岁那一年，元稹便有了参加科举的底气。那时，科举考试科目分很多种，但最常开考的为明经、进士二科。其中含金量最高的便是进士科。因为难度高、名额少，这一科尤为难考，于是，通过进士科考试的人更易被授予官职。凭元稹的才学，考进士科并不成问题。然而，因为家境贫寒，元稹想要尽快承担起养家的责任，减轻母亲的负担，便选择了相对容易，也更为保险的明经科。

当年，元稹以明两经擢第。初战告捷，元稹却并未获得一官半职。他成了寓居于京城中的一个闲人，好在，家中藏书颇丰，闲居京城的那段日子里，元稹不仅博览群书，也在京城文化环境里陶冶着自己的文学修养。

考中明经科的第二年，元稹无意中接触到陈子昂的《感遇诗三十八首》以及杜甫的数百首诗作，从那时起，元稹开始学着作诗。他悉心研读先人诗句，颇有体会，将所有心得融成自己的感悟。

为了在作诗方面有更多进益，元稹曾四处拜访名家学习。当读到李贺的“衰兰送客咸阳道，天若有情天亦老”，元稹惊叹世间竟有如此天才，迫不及待前去拜访。

然而，站在李贺门前的元稹，只得到一句冷冰冰的答复：“明经及第，何事来见李贺？”那一刻，他落寞、惭愧，却有了更高的斗志。

从李贺家门前返回之后，元稹便暗下决心，一定要再次参加科举，得个名正言顺的头衔，不为荣华富贵，只为不被天下饱学之士低看一眼。

自此，他一边勤奋备考，一边在河中府河西县担任小吏。就在这段日子里，他邂逅了一名女子，也邂逅了一段被后世传唱不休的爱情。

那女子名叫双文，是元稹的表妹，其母郑氏虽与元稹母亲同出一门，但原不相往来。父亲崔相国死后，双文和弟弟随母亲返回长安。途经蒲州时，一行人投宿于蒲州的普救寺中，元稹此时也借住在这里备考。

双文一家人本以为这里是最安全的投宿之所，并未想到，佛门净地竟险些没能阻挡住一群暴乱的士兵。

那时，河中尹暴毙，朝廷委派的新河中尹正在赴任途中。一时间，当地的士兵们没有了统领，竟没有了当兵的模样，反而更像是一群土匪。

就在双文一家以为性命不保之时，元稹请来了救兵，保住了普救寺，也救了崔氏一家。从那一刻开始，双文看元稹的眼神便有了许多温度，才子与佳人坠入爱河，似乎顺理成章地发生了。

若元稹从此与双文相守一生，也许能成就一段爱情佳话。然而，在这段热情如火的感情里，元稹依然保持着微妙的理性。纵然相思成疾，元稹还是没有请媒人登门提亲，一段美好的爱情，尚不足以令元稹放弃自己的前程。

唐贞元十九年（公元803年），元稹中“书判拔萃科”第四等，授秘书省校书郎。自此，官场新秀元稹与平民女子双文，成了陌路人。

这份爱情虽然短暂，但在元稹一生中还是留下了极深的记忆。多年以后，元稹写了一本传奇，取名《莺莺传》。书中的女主人公名叫崔莺莺，那就是元稹曾经爱过的双文。在小说中，元稹描写她“垂鬟接黛，双脸销红”，为男主人公张生写下“待月西厢下，迎风户半开。拂墙花影动，疑是玉人来”的诗句。

在该传奇中，张生爱慕着崔莺莺，在丫鬟红娘的帮助下，与莺莺私会西厢。这个故事在后人的不断演绎之下，成了后来的戏曲《西厢记》。

或许，《莺莺传》便是元稹对初恋的一份记挂和念想，在他心中，双文从不曾被遗忘。用一篇传奇，祭奠一段初恋，是元稹的感性；之后转身，奔赴自己的前程，是元稹的现实。

贫贱夫妻百事哀

正式步入仕途的元稹，与年长他八岁的白居易同年入仕。两人从此成为生死不渝的挚友，与此同时，元稹也收获了一段梦寐以求的姻缘。

元稹门第不高，只有入仕以后，才有结援高门的资本。他的才华得到了时任京兆尹、太子少保韦夏卿的青睐，位高权重的韦大人慧眼识珠，认为元稹年轻有为，前途不可限量，于是将自己心爱的小女儿韦丛下嫁给了元稹。

韦夏卿的官职，与元稹之间的差距实在太过悬殊。元稹几乎不敢相信，自己竟能有幸成为韦家的女婿。

有了这段婚姻，元稹在朝中便有了关照与提拔之人。抱得美人归的同时，元稹似乎也看到了自己在官场中飞黄腾达的希望。

韦夏卿是唐代有名的藏书家，孟郊甚至专门有诗写道：

题韦少保静恭宅藏书洞

高意合天制，自然状无穷。
仙华凝四时，玉藓生数峰。
书秘漆文字，匣藏金蛟龙。
闲为气候肃，开作云雨浓。
洞隐谅非久，岩梦诚必通。
将缀文士集，贯就真珠丛。

家中藏书无数，韦丛在家庭的熏陶下，自幼酷爱读书。曾经，父亲韦夏卿一个人在书房中读书，年幼的韦丛便进了书房。韦夏卿并未在意，只专注在书中。当韦夏卿看书看得倦了，才发现已到了晚饭时

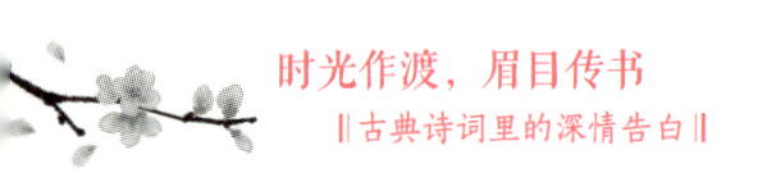

刻，正准备离开书房，忽然听到院子里传来丫鬟们急切的声音。

原来，丫鬟们原本陪着小韦丛在花园中玩，一转身便不见了她的踪影。找了许久，几乎找遍了家中庭院的各个角落，都未找到，全家上下都急得不行。看到丫鬟们急得直哭，韦夏卿忽然想起，小韦丛曾来过书房，只是当时韦夏卿专注于读书，并未注意她是否离开。

于是，韦夏卿开始在书房寻找，果然在书架的一侧看到了正在熟睡的小韦丛，怀里还抱着书卷。如此恬静可爱的一幕，让韦夏卿的心都随之融化。就这样在书香的熏陶中，韦丛渐渐出落成散发着书卷气的女子，诗词歌赋、琴棋书画样样精通。

元稹与韦丛，一个是青年才俊，一个是名门闺秀，可以想象，元稹与韦丛的初次相遇，必定是惊艳了彼此，惊艳了时光。

嫁给元稹那一年，韦丛二十一岁。她容貌端庄秀丽，品性更是温婉贤淑。父母给予的良好教育，不仅让她通晓诗文，更教会她不贪慕富贵虚荣的道理。她虽出身名门，身上却毫无骄娇二气。即便元稹只是一名正九品的校书郎，无权无势，家境贫寒，但韦丛无怨无悔，尽自己最大的努力去关心和体贴丈夫，对生活的贫瘠淡然处之。

以韦丛的家庭背景，下嫁给元稹，对于元稹来说，就好像天女下凡一般。元稹原本以为，成为韦夏卿的女婿，只是在政治上有所助益，却不料想，韦丛竟是这样一个温柔的女子、体贴的娇妻。婚后夫妻二人在贫寒的生活中百般恩爱，有妻如此，何等幸运？

元稹婚后不久，岳父韦夏卿授东都洛阳留守，赴东都洛阳上任。由于韦丛是韦夏卿最小的女儿，韦夏卿割舍不下，于是便带元稹、韦从夫妇一同赴洛阳，元稹夫妇便在东都洛阳履信坊韦宅住下来。

韦夏卿曾担任过岭南行军司马，在朝廷上左右逢源，人脉广，对元稹在仕途上帮助极大。次年初，元稹返回京城长安赴任，韦丛则留在洛阳，独自承担起照顾家庭的重担。

在娘家时，韦丛享受锦衣玉食的生活，嫁给元稹后，甘愿为丈夫洗手做羹汤，丝毫没有大小姐脾气。她为元稹生下了五子一女，在元稹仕途最初那段艰苦的岁月里，韦丛成为那个默默在背后支持他的女人。

曾经，白居易来家中做客，元稹正愁没钱买酒款待，韦丛便读懂了元稹的心思，二话不说拔下发髻上的金钗当掉，换来酒钱替丈夫款待好友。那金钗本是韦丛的嫁妆，她却毫无心疼之意。金钗换来的是酒钱，而韦丛的举动，换来的是丈夫的尊重。

元稹官职低微，俸禄有限，家中日子越发难过。韦丛便时不时采野菜为食，每日天刚蒙蒙亮，她便拿着扫帚将院中老槐树的落叶扫成一堆，再抱进厨房，生火做饭。

日子再苦，韦丛对元稹依然不离不弃。因此，元稹对韦丛不仅有爱，更有感激。她就是元稹心中的“沧海”，有了她，别处的水都不值得他回顾；她就是元稹心中的“白云”，有了她，别处的云也不能再称其为云。

婚后两年，元稹与白居易相约辞去秘书省校书郎的职务，二人相伴遁入华阳观，闭关备考。在此期间，他们共同研讨出七十五篇策论，合称“策林”。

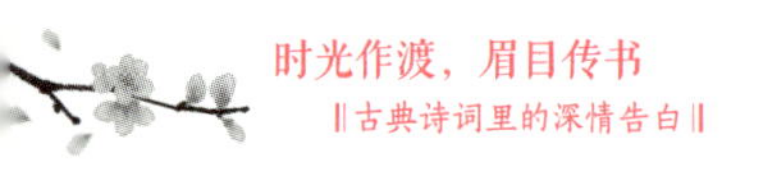

一年后，元稹与白居易同登“才识兼茂明于体用科”，当年登第者十八人，元稹为第一名，授左拾遗，官职为从八品。

元稹一上任，便接二连三上疏献表，先论“教本”（重视给皇子选择保傅），再论“谏职”（谏官之职责），又论“迁庙”（迁移新崩天子神主入祀太庙），一直论到西北边事这样的大政，同时旗帜鲜明地支持时任监察御史的裴度对朝中权幸的抨击，从而引起了唐宪宗的注意，很快便受到召见。

一切似乎都在向好的方向发展，元稹奉职勤恳，本应受到鼓励。然而，他锋芒太露，触犯了权贵，引起了宰臣的不满，上任仅仅五个月，便被贬为河南县尉。

初遭贬官，只是元稹不幸的开端。贬官后不久，元稹的家中又接连发生了两件伤心事。

先是岳父韦夏卿病逝，元稹在朝中失去了一位有助益的长辈。不久之后，家中又传来母亲离世的噩耗，元稹只得在家为母丁忧三年，失去了赖以存活的俸禄。

好在，白居易时常资助元稹，妻子韦丛也从未抱怨过日子艰苦。在好友和妻子的支持下，那些灰暗的日子才有了光。

三年丁忧期满，元稹受到宰相裴垍的赏识，被提拔为监察御史。同年春天，元稹奉命以详覆使身份出使剑南东川。再登官场，他大胆弹劾不法官吏，平反许多冤案，而这一举动，也触犯了朝中旧官僚阶层以及藩镇集团的利益。很快，他们便找到机会将元稹外遣——分务东台。

所谓东台，便是东都洛阳的御史台。他们此举的目的，是将元稹排挤闲置。可即便遭遇这样的打压，元稹仍然坚持为官之初的原则，秉公执法。

可惜，韦丛没能等到苦尽甘来，就在元稹仕途受挫之时，贤淑聪慧的韦丛突然病逝，年仅二十七岁。

唯一能做的，只有不忘记

好日子尚未开始，韦丛便撒手人寰，更可悲的是，元稹因为分务东台的事务，甚至无法亲自料理妻子的后事，只能写下一篇痛切的祭文，托人在韦丛灵前代读。

祭亡妻韦氏文

呜呼！叙官阀，志德行，具哀词，陈荐奠，皆生者之事也，于死者何有哉？然而死者为不知也，故圣人以无知□□。呜呼！死而有知，岂夫人而不知予之心乎？尚何言哉？且曰人必有死，死何足悲？死且不悲，则寿夭贵贱，缞麻哭泣，藐尔遗稚，蹙然鳏夫，皆死之末也，又何悲焉？

况夫人之生也，选甘而味，借光而衣，顺耳而声，便心而使。亲戚骄其意，父兄可其求，将二十年矣，非女子之幸耶？逮归于我，始知贱贫，食亦不饱，衣亦不温。然而不悔于色，不戚于言。他人以我为拙，夫人以我为尊。置生涯于濩落，夫人以我为适道；捐昼夜于朋宴，夫人以我为狎贤，隐于幸中之言。呜呼！成我者朋友，恕我者夫人，有夫如此其感也，非夫人之仁耶？

呜呼歔欷，恨亦有之。始予为吏，得禄甚微，愧目前之戚戚，每相缓以前期。纵斯言之可践，奈夫人之已而。况携手于千里，忽分形而独飞。昔惨凄于少别，今永逝于终离。将何以解予怀之万恨？故前此而言曰："死犹不悲。"呜呼哀哉！惟神尚飨。

到了韦丛下葬那日，元稹悲伤得不能自已，一连写了三首悼亡诗，以遣悲怀。

遣悲怀　其一

谢公最小偏怜女，嫁与黔娄百事乖。
顾我无衣搜荩箧，泥他沽酒拔金钗。
野蔬充膳甘长藿，落叶添薪仰古槐。
今日俸钱过十万，与君营奠复营斋。

韦丛本是极有才华的女子，在元稹心目中，她就如同才女谢道韫般超逸脱俗，身为父母最疼爱的幼女，她却从不嫌弃一贫如洗的元稹。

如今，韦丛已逝，元稹不禁回忆起她生前的种种好处：看到元稹没有衣衫，便翻箱倒柜地为他找；看到他没有酒，便毫不犹豫拔下头上的金钗去换酒钱；哪怕用野菜充饥，她也说食物甘美；哪怕用落叶当柴烧，她也无怨无悔。

他们好不容易熬过了最艰难的岁月，韦丛没来得及与之同甘，便撒手人寰。为了祭奠韦丛，元稹请人在她灵前摆满祭品，请来高僧超度她的亡灵。

这样一个为了丈夫吃苦耐劳毫无怨言的女子，实在让元稹敬佩。在困顿中，韦丛与元稹相守相爱，当富贵来临，却无奈不能同享。这是何等令人悲怀，又是何等令人遗憾！

可惜，元稹无法挽回韦丛的生命，只能追昔伤今，述说心底的悲凉。

遣悲怀　其二

昔日戏言身后意，今朝皆到眼前来。

衣裳已施行看尽，针线犹存未忍开。

尚想旧情怜婢仆，也曾因梦送钱财。

诚知此恨人人有，贫贱夫妻百事哀。

曾经，他们夫妻二人戏言身后事的安排。如今，元稹都按韦丛所说的做到了。韦丛穿过的衣裳，已经快施舍完了，她用过的针线盒，也被元稹收藏起来，再不忍打开。

因为怀念韦丛，元稹对她生前的仆人婢女也格外怜爱；每一次梦见韦丛，元稹便赶快为她焚烧纸钱。他知道，人世间有许多人都在承受着夫妻生离死别之苦，可对于他们这般同贫贱共患难的夫妻来说，只要想起往事，便会令生者陷入极度悲哀。

睹物思人，最是伤怀。除了在韦丛的灵前焚烧更多的纸钱，元稹已经不知道自己还能为韦丛做些什么。一腔深情，一腔怀念，只能化作简短的诗句，在她的灵前缓缓述说。

遣悲怀　其三

闲坐悲君亦自悲，百年都是几多时？

邓攸无子寻知命，潘岳悼亡犹费词。

同穴窅冥何所望？他生缘会更难期。

唯将终夜长开眼，报答平生未展眉。

每当闲坐无事的时候，元稹便会想念韦丛。他替韦丛悲伤，也为自己感叹。人生苦短，百年又有多长？晋代邓攸逃难时，为了不让弟弟没有子嗣，舍弃了自己的儿子，保住了弟弟的孩子，可惜邓攸后来再未有子嗣，这是命运的安排；西晋美男子潘安对结发妻子一往情深，忠贞不渝，即便妻子很早离世，也未曾再娶，可他悼念亡妻的文字，也只是徒然鸣悲而已，就像此时此刻的元稹自己。

即便日后两人能够合葬在一处，也无法倾诉元稹的钟情。他渴望来世与韦丛再结缘，却又怕这只是虚幻的期盼而已。他唯有以彻夜不眠、辗转反侧的思念，来报答韦丛生前为他奔波劳累、未曾展眉欢笑的一片苦心。

三首悼亡诗，写得痴情缠绵，哀痛欲绝。生活中桩桩件件的小事，偏偏能触动最大的悲情。元稹在诗句中写出自己思念亡妻的肺腑之言，此后，每当思念起韦丛，他便会落笔成诗。

离思　其一

自爱残妆晓镜中，环钗漫篸绿丝丛。

须臾日射胭脂颊，一朵红苏旋欲融。

他又回忆起新婚时，韦丛带着残妆的慵懒可人模样。从始至终，他们都是那样恩爱。镜中的韦丛，钗环参差不齐，残妆未卸，青丝缭乱。东方初升的日光映照着她抹了胭脂的面颊，鲜艳、红润、细腻，仿佛一朵红花即将绽放，又要消融一般。

然而，记忆中的韦丛越是娇媚动人，现实中的元稹就越是忧伤。

离思　其二

山泉散漫绕阶流，万树桃花映小楼。

闲读道书慵未起，水晶帘下看梳头。

美景之中的元稹，慵懒闲适地坐在小楼上，手中握着一本书，漫不经心地翻看，身旁的妻子正在梳妆，她的一举一动，本身就是美景。

元稹思念亡妻的诗作，将夫妻之间风光旖旎的闺房之乐，描绘得潇洒高雅。那时的韦丛，那样鲜活，那样楚楚动人，元稹对她总是流露出无限的挚爱深情。可惜，如此温馨的场景从今之后只能在梦中重温，这是怎样的无奈？

元稹不喜欢在诗中明白地写出自己的伤心，他只愿将回忆里的温馨记录下来，脸上带着笑，眼中带着泪。再美好的回忆，都只是镜花水月，遥不可及，然而，他偏偏愿意永远沉浸在回忆里。

离思　其三

红罗著压逐时新，吉了花纱嫩麴尘。

第一莫嫌材地弱，些些纰缦最宜人。

清水出芙蓉，天然去雕饰，这便是韦丛在元稹心目中的模样。她身着绣着吉了花纹、染着酒曲嫩色的轻纱。不要觉得那纱太薄，因为只有这样的纱才是最好的，就像典雅淡泊的韦丛，贤惠端庄，从不与他人争奇斗艳。

离思　其四

曾经沧海难为水，除却巫山不是云。

取次花丛懒回顾，半缘修道半缘君。

这是元稹悼亡诗中最出名的一首，因为曾经领略过苍茫大海，就觉得别处的水相形见绌；因为曾经领略过巫山的云霭，就觉得别处的云黯然失色。即便身处万花丛中，他也懒得回头一望，这或许是因为修道，但更多的，还是因为他在心中对韦丛念念不忘吧。这是元稹对妻子的偏爱之词，唯有深情之人，才能写出这般天长地久的真挚。

在元稹心中，韦丛的地位无可代替。即便他后来遇到了薛涛，又遇到了刘采春，他也曾为她们动情，却不曾为她们痴情。那是因为，这世间最好的女子，他已经拥有过，也失去过，再好的女子，也无法再让他付出真心。

离思　其五

寻常百种花齐发，偏摘梨花与白人。

今日江头两三树，可怜和叶度残春。

他又将满腔思念寄托给梨花，因为在他心目中，只有纯洁如玉的梨花才配得上亡妻韦丛。自她走后，元稹便是孤独的，就像那梨花凋尽的树上的残叶，孤零零地度过春天。

想到此处，元稹便会泪湿眼角。相思如此惆怅，哪怕不言悲伤，也能让每一个读过诗句的人都泪流满面。

韦丛死后，元稹在仕途中几经起落，也曾遍游花丛，但在他心底，始终有一个角落是缺失的，再高的官职、再多的俸禄、再绝色的女子，都无法填满。他的爱与思念，早已被逝去的韦丛带走，或许，唯有他离世的那一刻，才再次感受到真正的快乐。因为，他终于不用再在思念中度日，另一个世界里，有一个美好的女子，正在等待着与他团聚。

易求无价宝，难得有心郎

鱼玄机与温庭筠：不忍辜负，却伤得最深

“千万恨，恨极在天涯。山月不知心里事，水风空落眼前花，摇曳碧云斜。”

温庭筠这一首《梦江南》，用最简单的笔调，写出了最深沉的相思。词句中有爱而不得的忧伤，那思念的人，似乎远隔千山万水，又好似就在身旁，他却没有爱的资格。

人生在世，情关最难过。可正因为有情，所以愿意让自己深陷在愁苦中，看似挣扎不开，实则不愿逃离。

那个让温庭筠因爱生忧的女子，便是传奇女子鱼玄机。她是唐代四大女诗人之一，名满天下，才貌双绝，却并未因为出色而活得顺风顺水，反而落得个毁誉参半的人生。

君生我未生，我生君已老

鱼玄机本名幼薇，出生于一个落魄秀才的家庭里。一家人日子过得贫寒，但父亲却有文人的脊梁与风骨。父亲苦读多年，却没能考取功名。好在，一家三口的日子虽清苦，却幸福，总是充满了希望。在鱼幼薇刚刚咿呀学语时，父亲便捧着书卷，教她读书。

或许，父亲希望女儿知书识礼，能为她的人生增添锦绣，却忘记了，在那个年代，女子太有才华，往往会酿成悲剧。

鱼幼薇天资聪颖，且过目不忘，在诗词歌赋方面颇有天赋。于是，父亲便将毕生所学悉数传授给女儿，每一次小小的点拨，都能让鱼幼薇有极大的长进。

五岁的鱼幼薇，在父亲的教导下，便能背诵出许多诗词；到了七岁，她已能出口成章，偶尔还能写出一些颇有意境的诗句。可惜，父亲没有等到她前程锦绣的那一日，鱼幼薇还不到十岁，父亲便撒手人寰。

迫于生计，母亲带着鱼幼薇来到烟花之地附近住下来。那里的房租更便宜，母亲也能找到一些为青楼女子缝补和浆洗衣服的工作，鱼幼薇在这样鱼龙混杂的环境中长大，耳濡目染久了，便过早地看清了男女之情。

天生的才情，让鱼幼薇注定不会被埋没于烟花柳巷之地。十岁那一年，鱼幼薇便凭借一首诗名动京城：

卖残牡丹

临风兴叹落花频，芳意潜消又一春。

应为价高人不问，却缘香甚蝶难亲。

红英只称生宫里，翠叶那堪染路尘。

及至移根上林苑，王孙方恨买无因。

那是一年暮春，鱼幼薇在街边偶然看到一些尚未被卖掉的牡丹花。不知为何，她竟突然心生伤感，觉得自己的命运就仿佛那些无人问津的牡丹，虽纯洁清丽，一尘不染，却很难找到懂得欣赏她的知音。

十一岁那年，鱼幼薇终于等来了自己的“知音”。一日，一名男子登门拜访，直言不讳自己是慕名而来，想要见一见声名远播的才女鱼幼薇。

这人便是大名鼎鼎的温庭筠，鱼幼薇素来钦佩温庭筠的才华，能和这样才高八斗的才子切磋诗词，她求之不得。正是这一次切磋，让温庭筠确信，鱼幼薇在诗词方面的确有不俗的天赋和灵气。

初见那一日，温庭筠便要出题考一考鱼幼薇的才华。他出的考题是“江边柳”，鱼幼薇虽然有些拘谨，却还是在略略思索后开口：

赋得江边柳

翠色连荒岸，烟姿入远楼。

影铺春水面，花落钓人头。

根老藏鱼窟，枝低系客舟。

萧萧风雨夜，惊梦复添愁。

与其说这是一首诗，不如说是一幅画卷。在简短的诗句背后，一幅江边垂柳图缓缓浮现在温庭筠眼前。鱼幼薇的这首诗，意境优美，韵律天成，温庭筠不禁被这诗句惊艳，一个年仅十一岁的女孩能写出这样的诗，将来的成就必定胜过历代才女。

温庭筠出身名门，为唐初宰相温彦博之后。他与鱼幼薇同样幼年丧父，从八岁起，温庭筠便与兄弟姐妹跟随母亲一同生活。世人皆说温庭筠放荡不羁，不知是否与童年父爱的缺失有关系。

与鱼幼薇相遇时，温庭筠的才华并没能成就他，反而成为他的拖累。他精通诗词创作，擅长书法，也擅长写骈文与小说。只是，他的才华似乎总是与科举仕途格格不入，从十几岁开始，温庭筠便参加科举，直到四十多岁，依然没能进士及第。

并非温庭筠的才华不够出色，而是他才华太盛，反而容易招惹是非。世人皆说，温庭筠生性不羁，性格耿直，不懂巴结逢迎。可偏偏是这个坦率到有些粗犷的男子，能写出《菩萨蛮》这般唯美的词句：

小山重叠金明灭，鬓云欲度香腮雪。懒起画蛾眉，弄妆梳洗迟。　照花前后镜，花面交相映。新帖绣罗襦，双双金鹧鸪。

这样美的词句，依然没能让世人忘掉温庭筠的“丑”。据说，温

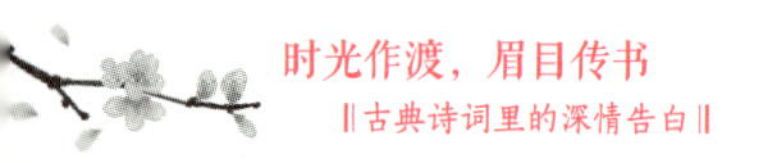

庭筠相貌丑陋，貌似钟馗，甚至因为太丑而被考官拒绝入场考试。

然而，他的心是细腻的，他的才华更不容许他自惭。温庭筠天性风流，经常流连于风月场所，于是，世人便称他的词为“花间词”，温庭筠也被冠上“花间词鼻祖”的头衔。

当年在科考场上，温庭筠手指八叉便能成文，可如今四十岁已过，依然功业未成。见到鱼幼薇的第一面，温庭筠便生出“同是天涯沦落人”之感，他暗暗下决心，一定不能让鱼幼薇的才华被埋没。

他看到鱼幼薇母女生活艰难，便在暗中资助她们。因为不忍心鱼幼薇被生活磨灭了天赋，便主动充当起老师的角色。

从那日开始，温庭筠便时常登门，指点鱼幼薇的学业，帮她修改诗词。温庭筠的出现，让鱼幼薇黑暗的人生里有了第一道光。他的词句里总有细腻的情思，字字句句都让鱼幼薇感受到人活于世的美好。

对鱼幼薇而言，温庭筠像是老师，也像是父亲。她从温庭筠身上寻找着久违的安全感，她年少的世界，因为温庭筠的存在而有了支撑。可相处时间久了，鱼幼薇对温庭筠的情感发生了微妙的变化。他是鱼幼薇的知音，是那个懂她的人，一种无法言说的情愫，开始在她心间蔓延。

在鱼幼薇眼中，温庭筠从未丑陋过。她反而觉得他的才华是世间最美好的东西，渐渐在心中将温庭筠当成不能言说的爱人。她喜欢叫他“飞卿”，仿佛这样便可以逾越彼此年龄的差距。

温庭筠对鱼幼薇的情感有所察觉，可是，在鱼幼薇面前，他第一次因为自己的年纪和容貌而自惭形秽。鱼幼薇美好得如同即将绽开的花蕾，温庭筠知道，属于她的幸福，绝不是又老又丑的自己能给的。

才子配佳人，听上去是一段佳话。但年龄的差距，只能让温庭筠将彼此的关系阻隔在师徒这一层。他不忍心鱼幼薇因为自己而承受流言蜚语，为了避免遭受内心的谴责，他只能将刚刚冒头的情爱掐灭在萌芽时。

温庭筠不忍让一个情窦初开的小姑娘伤心，他思来想去，似乎只有退出她的生活，才是对她最大的保护。

借着外出任官的机会，温庭筠与鱼幼薇告别。鱼幼薇虽不舍，却无法阻止，只能将思念寄托在诗句里：

早秋

嫩菊含新彩，远山闲夕烟。

凉风惊绿树，清韵入朱弦。

思妇机中锦，征人塞外天。

雁飞鱼在水，书信若为传？

秋凉天气，相思倍增。无人传达书信，无可奈何！当温庭筠收到鱼幼薇的诗，立刻提笔写诗唱和：

早秋山居

山近觉寒早，草堂霜气晴。

树凋窗有日，池满水无声。

果落见猿过，叶干闻鹿行。

素琴机虑静，空伴夜泉清。

温庭筠将自己生活的环境写成诗，又仿佛用诗句画了一幅画，寄给鱼幼薇。他的房子近山，能比别人更早感知到秋日的寒意。晴空之下，他居住的草堂笼罩着一片霜气。虽然树叶凋零，但窗边还有阳光照耀，池塘水满，水却没有声音。树上成熟的果实落下，能看见猿猴偶尔在林中走过，还能听见小鹿行走在落叶上发出的声音。

这样静谧的氛围里，温庭筠心情恬静平淡，偶尔，他会弹起素琴，到了夜晚，便在潺潺泉水声中入眠。

这是温庭筠与鱼幼薇之间第一次诗词唱和，而这样的唱和，从此伴随了他们一生。

温庭筠不在的日子里，鱼幼薇几乎每一天都在思念中度过。终于，她还是按捺不住，暗暗借诗词唱和，向温庭筠表明心迹：

寄飞卿

阶砌乱蛩鸣，庭柯烟露清。

月中邻乐响，楼上远山明。

珍簟凉风著，瑶琴寄恨生。

嵇君懒书札，底物慰秋情。

温庭筠能读懂鱼幼薇的心，可他不容许鱼幼薇在自己身上沉沦。

他前途未卜，恐怕不能给鱼幼薇终生的呵护，于是，他没有对这首诗进行唱和。鱼幼薇久久没能等来温庭筠的回信，便懂得了他的婉拒。

爱是一场宿命

当温庭筠再回长安，鱼幼薇已出落得亭亭玉立。她并非出身豪门，虽到了嫁龄，却并没有太出色的男子登门提亲。温庭筠将鱼幼薇的亲事放在心上，既然自己不能给予她温暖与呵护，便想尽力为她寻找一个值得托付终生的人。

那一年，鱼幼薇到风光秀丽的崇真观游览。适逢春季科举放榜，当年的新科进士们纷纷在墙壁上题诗留念。鱼幼薇身为女子，没有中举入仕的机会，便也在墙壁上题了一首诗，抒发自己的雄心壮志，以及身为女子的不甘：

游崇真观南楼睹新及第题名处

云峰满目放春晴，历历银钩指下生。

自恨罗衣掩诗句，举头空羡榜中名。

鱼幼薇从未想过，几句简短的诗句，竟为自己引来一段姻缘，也正是这段姻缘，令她开始了为情所痛的人生。

她的才华，打动了当年的新科状元李亿。他出身显贵，与温庭筠有些交情。当得知温庭筠与鱼幼薇相识，便托温庭筠为彼此引见。

温庭筠斟酌再三，觉得李亿出身高贵，又才华横溢、容貌俊秀，且为鱼幼薇的才情倾倒，或许，他会成为那个懂她、疼她的人。

在温庭筠的撮合下，李亿与鱼幼薇相见了，只需一眼，李亿便为鱼幼薇倾国倾城的容貌而痴迷。温庭筠本以为自己替鱼幼薇找到了终生依靠，可惜，他的好心之举，却对鱼幼薇伤害最深。

十四岁的鱼幼薇，嫁给了新科状元李亿，并非正妻，而是妾室。温庭筠知道李亿已有正妻，但对于像鱼幼薇这样一个出身寒微的女孩，能嫁入这样的人家，已是温庭筠能为她做出的最好的选择。若李亿能真心待鱼幼薇好，温庭筠便足够欣慰了。

对于温庭筠而言，他能给予鱼幼薇最好的爱，便是离开，但他却未曾想到，鱼幼薇自嫁给李亿的那一天起，便彻底坠入深渊。

婚后不久，鱼幼薇便意识到自己嫁错了人。李亿是个惧内的人，即便娶了鱼幼薇，也不敢将她带回家，只能将她安置在郊外的别院里，偶尔偷偷出来与其相会。

李亿的正妻裴氏出身豪门，李亿在她面前也要矮上三分，家中大小事情都由裴氏做主，得知李亿娶鱼幼薇为妾，裴氏暴跳如雷，不仅不允许鱼幼薇进门，就连别院都不允许她住。

李亿不敢违抗裴氏，只能用甜言蜜语哄骗鱼幼薇。他将一纸休书摆在鱼幼薇面前，哄骗她说只是用来装装样子，只要骗过裴氏，以后就有安稳日子。他还让鱼幼薇从郊外的别院中搬出来，将她安置在咸宜观的一处院落里，且再三承诺，只要等家中风平浪静，便会时常来探望她。

那时的鱼幼薇尚且天真，觉得只要自己与李亿真心相爱，哪怕没有婚书的捆绑，也能天长地久。然而，从签下休书的那一刻起，她便彻底沦为爱情的奴隶。嫁给李亿不过短短百日，鱼幼薇便成了被抛弃的女人。寂静的道观里，鱼幼薇日夜期盼能与李亿团圆，可是，他却许久没有出现。

得知鱼幼薇被送入道观，温庭筠虽着急，却无权干涉。那年冬天，他写下一首诗送给鱼幼薇：

晚坐寄友人

九枝灯在琐窗空，希逸无聊恨不同。

晓梦未离金夹膝，早寒先到石屏风。

遗簪可惜三秋白，蜡烛犹残一寸红。

应卷鰕帘看皓齿，镜中惆怅见梧桐。

他不敢表现出太多的关怀，生怕一不留神就为鱼幼薇惹来麻烦。他的语调是沉稳内敛的，甚至有些打趣，他说：丫头你还是唇红齿白，我这老头子已经如秋风梧桐。

温庭筠很快便收到了鱼幼薇的回信，是一首唱和诗：

冬夜寄温飞卿

苦思搜诗灯下吟，不眠长夜怕寒衾。

满庭木叶愁风起，透幌纱窗惜月沈。

疏散未闲终遂愿，盛衰空见本来心。

幽栖莫定梧桐处，暮雀啾啾空绕林。

她的语调同样平静从容，虽有愁绪感慨，用词却并不激烈，也不柔媚，仿佛只是友人间的诉说倾谈。

冬夜寒冷，长夜难眠，鱼幼薇告诉温庭筠，自己常常在灯下写诗，苦苦搜寻诗意，推敲文句，以此来打发冬夜的寂寞无聊。道观中的满庭树叶早已飘零，堆积在庭院中，更显得凄冷。夜深风起，落叶随风起舞，风声与叶声在寂静的夜里传入闺室，更显得清冷。

因为睡不着，鱼幼薇起身，站在房内望向窗外，隔着罗幌纱窗，迷蒙地看着月落日升，一个漫长的冬夜，终于就这样熬过去了。

鱼幼薇的个性，向来是随意的，她从没有什么想要迫切实现的心愿，即便是有，她也从不敢奢望真的能实现。她知道，温庭筠是那个最懂她的人，也知道任何人都无力抵抗命运。既然他们没有缘分在一起，那就把彼此当作知己吧，抛开私情，只谈人生的感慨，她相信，温庭筠一定能懂。

远离繁华的鱼幼薇，只剩一颗心在寂寞地跳动。她发现，邻院也住着一名美丽的女子，白天出门时，那女子总是用衣袖遮着脸，鱼幼薇偶尔见到她的面容，发现她总是愁容满面，时常懒得装扮，恐怕也是为情所困。

于是，她写下一首诗，赠予那女子：

赠邻女

羞日遮罗袖，愁春懒起妆。

易求无价宝，难得有心郎。

枕上潜垂泪，花间暗断肠。

自能窥宋玉，何必恨王昌？

鱼幼薇希望那女子知道，在人世间，求得无价珍宝容易，得到一个志诚的心灵伴侣，却是无比艰难。为此，她自己也曾夜夜在枕上垂泪感伤，也曾为之断肠。但是，她也希望那女子能有追求幸福的勇气，哪怕像宋玉那样美好的男子，也会为一个有勇气追求幸福的女子动心吧？

她一面劝别人要鼓起勇气追求幸福，一面又沉沦在李亿对她的承诺里。当初，李亿送鱼幼薇来咸宜观，承诺三年后便回来娶她。可是，不久之后，鱼幼薇便听说，李亿带着家眷前往扬州做官了，甚至连一封辞别信都不曾留给她，仿佛逃离一般，远远躲开了这个有鱼幼薇存在的地方。

看得开，伤会不会少一点？

此时的鱼幼薇，年仅十五岁，她原本应该有鲜活的人生，如今却已心如死灰。从她写给温庭筠的诗中，仿佛可以读出，她的世界已经失去了光彩：

感怀寄人

恨寄朱弦上，含情意不任。
早知云雨会，未起蕙兰心。
灼灼桃兼李，无妨国士寻。
苍苍松与桂，仍羡世人钦。
月色苔阶净，歌声竹院深。
门前红叶地，不扫待知音。

一腔离愁别恨，只能寄托在琴弦上，无奈，琴声也无法言尽鱼幼薇心中的愁绪。如果早知道自己与李亿之间的缘分像云雨般易散，或许便不会让心中泛起涟漪。花样年华的女子，渴望得到别人的欣赏，此时的鱼幼薇，反而羡慕那苍劲出尘的松树，虽然孤独，却能得到世人的尊敬。

她向温庭筠倾诉自己的寂寞与苦闷，即便院门前的地上落满红叶，也不舍得扫去，是因为她在期待知音有一日会登门拜访。

鱼幼薇写来的每一首诗，温庭筠都会写诗唱和，这似乎是他唯一能为鱼幼薇做的事情，用温柔的诗句，安慰她寂寞的灵魂。

十六岁那一年，鱼幼薇前往江陵寻亲。当行至汉江，看到一对鸳鸯在江边的沙滩上相依相偎，互相取暖，她的心中不禁一阵失落。就连鸟儿都成双成对，鱼幼薇怎能不思念身在他乡的“夫君”？

滔滔江水，将他们分隔两岸。独在江这边的鱼幼薇，内心满是忧愁。想当初，她和李亿相互爱慕，相互吟诵着喜欢的诗歌，如今，只剩她一人对着江水独自吟诵。

到了傍晚，江边人家升起袅袅炊烟，江面上也是烟波浩渺。炊烟里隐隐有倾诉相思的歌声传来，句句都唱在鱼幼薇的心上。月色沉沉，从江面升起，像极了鱼幼薇此时晦暗的心情。

与爱恋的人相隔千里，鱼幼薇只能借诗句表达自己对李亿的思念：

隔汉江寄子安

江南江北愁望，相思相忆空吟。

鸳鸯暖卧沙浦，鸂鶒闲飞橘林。

烟里歌声隐隐，渡头月色沉沉。

含情咫尺千里，况听家家远砧。

这不是鱼幼薇给李亿写的第一首诗，自从李亿离开，她几乎每隔一段时间便会以诗代信，寄托自己的思念。可惜，她的每一封信，都不曾得到李亿的回应。反而是温庭筠，自从鱼幼薇前往江陵，他便时刻保持着对她的关心，只要她的情绪稍有波动，温庭筠便会立刻写诗安抚。

鱼幼薇在江陵寻亲不遇，仿佛上天要故意捉弄，令她事事都不顺心，于是，她再次用诗句向温庭筠倾诉苦闷。

温庭筠收到诗后，毫不犹豫，立刻启程，他要去鱼幼薇所在的地方，安慰她的忧伤，再将她带回长安。临行之前，温庭筠给鱼幼薇写去回信，告诉她自己即将前去与她同游：

初秋寄友人

闲梦正悠悠，凉风生竹楼。

夜琴知欲雨，晓簟觉新秋。

独鸟楚山远，一蝉关树愁。

凭将离别恨，江外问同游。

接到温庭筠的回信时，鱼幼薇正住在江陵的旅馆中，不知接下来该去往何处。展开信笺的那一刻，一抹久违的笑容挂在她的脸上，她将所有的喜悦都写进诗句，等待着在他乡与旧友重逢：

和友人次韵

何事能消旅馆愁，红笺开处见银钩。

蓬山雨洒千峰小，嶰谷风吹万叶秋。

字字朝看轻碧玉，篇篇夜诵在衾裯。

欲将香匣收藏却，且惜时吟在手头。

他们相约，在九月九日重阳日相见。是温庭筠，亲自将鱼幼薇护送回长安，而那李亿，仿佛彻底从鱼幼薇的人生中消失了。

情书寄李子安

饮冰食檗志无功，晋水壶关在梦中。

秦镜欲分愁堕鹊，舜琴将弄怨飞鸿。

井边桐叶鸣秋雨，窗下银灯暗晓风。

书信茫茫何处问，持竿尽日碧江空。

这又是一封收不到回复的信，鱼幼薇对李亿的爱，渐渐变成了不甘与失望。爱生恨，恨生怨，怨生嗔，她的前半生，想要的从未得到，既然人间不肯厚待，那索性便游戏人间吧。

从此，世间再无鱼幼薇，只有女道士鱼玄机。她在道观的大门上贴上告示“鱼玄机诗文候教”，广邀天下有才情和胆量的男子。从此，鱼玄机居住的道观小院，聚满了长安城的名流雅士、高官重宦。

清净的道观，变成了风月之地。鱼玄机将男人玩弄于股掌之上，夜夜笙歌，寻欢作乐。世人皆说，鱼玄机不自爱、不自重，可是，又有谁能知道她内心的凄楚？细数年华，鱼玄机此时也不过是一名少女，爱上一个注定不能拥有的人，这世间又有什么值得她去珍重？

句

焚香登玉坛，端简礼金阙。

明月照幽隙，清风开短襟。

绮陌春望远，瑶徽春兴多。

殷勤不得语，红泪一双流。

云情自郁争同梦，仙貌长芳又胜花。

哀莫大于心死，如同鱼幼薇的诗句。游戏人间的女道士鱼玄机，门庭若市，不问对错，不管流言，只为寻欢作乐，用她的美色扰乱了长安城。

或许，温庭筠也曾为鱼玄机的转变而痛心。可那毕竟是她的人生，他又有什么资格干预？

那些有诗词文采的人，都成为鱼玄机的座上宾。他们争相在这里展示自己的文采，将咸宜观挤得人满为患。鱼玄机亲手为他们煮茶，与他们诗词唱和，而那些文采好、相貌佳者，便有机会留在鱼玄机身边过夜。

从此，鱼玄机不再是爱情的奴隶，而是将所谓的情爱玩弄于股掌之中。男人们为她争风吃醋，她便在一边冷眼旁观，每一个渴望得到她关注的男人，在她眼中更像是跳梁小丑。

再也没有人能在鱼玄机心中占据分毫之地，直到那个叫陈韪的男人出现，鱼玄机惊讶地发现，自己竟能从他的身上找到温庭筠的影子。

或许正因为这一点，鱼玄机对陈韪动了几分真情。然而，陈韪却趁着鱼玄机外出，与她的婢女绿翘私会，鱼玄机发觉后，一股妒火直窜心头。她随手抄起身边的藤条，劈头盖脸朝绿翘打过去，竟一时失手，将绿翘打死。

按当时律法，失手打死婢女，最多被判流放一年。可惜，鱼玄机偏偏遇上了一个执法严酷的主审官，判她腰斩之刑。

千里之外的温庭筠，闻听鱼玄机的死讯，痛哭流涕。他一生风流，身边有过许多女子，真正爱过的却并无一人。鱼玄机，是他唯独不忍心辜负的女子，可自己却伤她最深。他不禁责怪自己，如果当初，不曾将李亿与鱼玄机撮合在一起，或许，一切便都和如今不一样了吧？

可惜，世事没有如果，鱼玄机的爱，在日复一日的等待与失望中消耗殆尽，她的心中只剩下恨，最终，将自己的年华，用恨意埋葬。

衣带渐宽终不悔，为伊消得人憔悴

柳永与歌妓：花前月下，写烟花寂寞

生性浪漫的柳永，一生留下二百余首词作，其中描写歌妓的，就占了一多半。世人诟病柳永风流，却唯有那些与他过从甚密的歌妓才能理解他内心的失意与悲痛。于是，他心甘情愿地为歌妓写词，将那些在青楼中获得的荣誉等同于功名的获得。虽是假象，却能缓解科举难及第的伤痛。

韶光不忍轻负

从一出生起，柳永就背负着家族赋予的科举“使命”。柳永的父辈兄弟六人，个个在朝中为官。到了柳永这一代，兄弟三人皆有才华，他的两位哥哥相继考中进士，唯有柳永仕途坎坷，只能凭借精妙的词句惊叹众生。

柳永十五岁那一年，跟随父亲拜访一位京城名士。宴席之间，有歌妓唱曲助兴。一袭帘幕将歌妓与宾客分隔开来，歌妓们在帘幕后面清歌一曲，歌喉婉转，时而轻快，时而幽怨，席间宾客，无不为之心醉。

年少的柳永，欣赏到了人生中第一场令他无法忘怀的演出。宴席散场后，回到家中的柳永，依然沉醉在方才的歌声中，情不自禁，将宴会上的场景写进词句里：

凤栖梧

帘内清歌帘外宴。虽爱新声，不见如花面。牙板数敲珠一串，梁尘暗落琉璃盏。　　桐树花声孤凤怨。渐遏遥天，不放行云散。坐上少年听不惯。玉山未倒肠先断。

这是柳永第一次为歌妓写词，他唯一的遗憾，是隔着帘子，没能看清歌妓的美貌。不过，正因未曾看清，反而给柳永留下了道不尽的想象空间。那个因听了歌声而“肠先断”的“坐上少年”，就是柳永自己。正是从这首词开始，柳永有了属于自己的写词风格。

懵懂之间，年少的柳永对男女情事有了美好的憧憬。一日，在一位族兄的带领下，十五岁的柳永第一次踏进烟花之地。族兄为柳永找来一位歌妓，为柳永吹奏一曲。柳永竟听出了歌妓吹奏的错漏之处，又亲自拿过笛子吹奏了一遍，反而比歌妓吹奏得更令人心旷神怡。

在族兄的提议下，柳永填了一曲新词，作为送给歌妓的见面礼：

惜春郎

玉肌琼艳新妆饰。好壮观歌席，潘妃宝钏，阿娇金屋，应也消得。　　属和新词多俊格。敢共我勍敌。恨少年、枉费疏狂，不早与伊相识。

他仿佛天生便知道如何与歌妓相处，即便尚未褪去少年人的青涩，也能在歌妓面前大方展露自己的才情。柳永毫不吝惜地在词中夸赞歌妓的肌肤白嫩娇美，光洁如玉，还说只要她出现在宴席上，便会让人眼前一亮，整个酒宴因她的到来而增色不少。

在柳永心目中，歌妓不是用来取乐的，而是美丽与高贵的存在。他尤其欣赏有才情的歌妓，她们身上没有风尘气，反而有着令他尊敬的才华和品格。

柳永与歌妓的亲密令父母担心，他们开始为儿子张罗婚事。定亲宴上，柳永见到了自己未来的新娘。美丽的少女与俊逸的少年，成就了一段美妙的姻缘，缱绻之间，化作最美的流年。

斗百花

满搦宫腰纤细。年纪方当笄岁。刚被风流沾惹，与合垂杨双髻。初学严妆，如描似削身材，怯雨羞云情意。举措多娇媚。　　争奈心性，未会先怜佳婿。长是夜深，不肯便入鸳被。与解罗裳，盈盈背立银釭，却道你但先睡。

柔情似水的新婚之夜，被柳永写进词句里。羞怯的新娘不过十五六岁，纤细的腰肢只有盈盈一握。她就那样羞涩地站在柳永面前，一想到即将与新婚丈夫同床共枕，脸上便飞起一片红晕。

她甚至害羞得让柳永自己先去睡，惹得柳永忍俊不禁。这样一个涉世未深的女孩子，更惹得他怜爱。他将新婚的甜蜜与喜悦用词句勾勒成一幅画卷，虽香艳，却并不恶俗。

那是柳永人生中最甜蜜的一段时光，一对新婚的小夫妻，眼里心底只有彼此。他们一同品鉴诗词，一同赏玩书画，风花雪月，如胶似漆。

只可惜，美好的日子注定短暂，柳永尚未品尝够婚后生活的美妙，便在父亲的安排下前往江南求学。

那一年，柳永十九岁。即便对新婚妻子万般不舍，他还是必须踏上征程，去追求那人人向往的功名。离家时，柳永意气风发，他以为，前方等待着他的，是一片灿烂的风景。

人杰地灵的江南，是多少文人墨客的温柔乡。初来江南，柳永便沉浸在温柔的风花雪月中，在烟花巷陌中快意着自己的词酒人生。

繁华深处，有柳永想要聆听的红尘之音。他放任自己驻足在此，半醉半醒。不过，柳永并未忘记自己此行来江南的目的是为求学，也为了让更多官员欣赏自己，为日后的科考铺路。

于是，他精心填写了一首《望海潮》，托杭州名妓楚楚，在两浙转运使孙何面前吟唱。中秋之夜，孙府宴会上，楚楚果然用最婉转的歌喉将《望海潮》吟唱出来。柳永在这首词中极力描写了杭州的富庶与美丽，果然吸引了孙何的注意。

因为这一首词，柳永成为孙何的座上宾。只可惜，孙何英年早逝，柳永的前程也变得不再明朗。

因为孙何的死，柳永悲伤了许久。他虽然只有二十一岁，却忽然意识到人生苦短，有限的人生里，他要及时行乐。

从此，他将自己沉浸在温柔乡里，每日饮酒填词，放荡不羁。他为歌妓们写词，祭奠她们那注定没有结果的爱情：

鹤冲天

闲窗漏永，月冷霜华堕。悄悄下帘幕，残灯火。再三追往事，离魂乱、愁肠锁。无语沉吟坐。好天好景，未省展眉则个。　从前早是多成破。何况经岁月，相抛亸。假使重相见，还得似、旧时么。悔恨无计那。迢迢良夜，自家只恁摧挫。

歌妓们喜欢向柳永倾诉自己的心事，柳永心疼她们的遭遇，也感慨自己无奈的人生。如果可以，他宁愿沉沦在烟花柳巷之中。离开杭州后，柳永先后游于苏州、扬州。

佳人，是柳永心中最美的风景。他爱她们酒后绯红的脸庞，也爱她们清丽婉转的歌喉。她们千娇百媚，风情撩人，柳永对她们付出真情，她们也对柳永付出真心。

柳永从不将歌妓当作取乐的玩物，他比任何人都更珍视她们，在他心中，歌妓们都如水般纯净。

歌妓们并非像世人谣传的那样没有真情。她们也会为某个男子动心，因为他的来去而欢喜忧愁。柳永就曾见过，有歌妓因相思而茶饭不思，腰身消瘦，容颜憔悴。她爱的人去了远方，却连书信都不曾写来一封。

柳永眼看着一个原本泼辣爽快的女子，因一段没有结果的爱情而纠结苦闷。她说她后悔，后悔没有藏起情郎的宝马，让他无法远行。

她们终日过着迎来送往的生活，比任何人都更加渴望过上与心上人相依相偎、长相厮守的日子。可惜，过普通人的生活，对她们而言只是一种奢望，她们只能在无边的苦海中蹉跎青春。

对歌妓的怜惜与同情，都被柳永写进词中。他把这些词交给她们吟唱，仿佛这样便能宣泄内心的苦闷。

江南是一场醉梦，柳永却不得不苏醒。科考之日即将到来，他不得不踏上归程。

浮名皆虚妄

一颗归心，乘着一叶轻帆返回汴京。远行归来的柳永，刚好赶上皇帝举办封禅大礼，为表庆贺，柳永一口气填了五首《巫山一段云》，试图用歌颂太平的词句，让自己的名字为当朝权贵熟知。

然而，他毕竟是柳永，骨子里刻着“情”字。即便身负科考使命，他还是更愿意流连于风月之中。

在汴京的风月之地，柳永结识了一位名叫英英的歌妓。为了答谢柳永的深情，英英特意为他编了一段精彩的舞蹈，却在练舞时扭伤了腰。因为无法让柳永看到自己曼妙的舞姿，英英垂泪不止，柳永为此深受感动，赶忙写词安慰英英：

柳腰轻

英英妙舞腰肢软。章台柳、昭阳燕。锦衣冠盖，绮堂筵会，是处千金争选。顾香砌、丝管初调，倚轻风、佩环微颤。　　乍入霓裳促遍。逞盈盈、渐催檀板。慢垂霞袖，急趋莲步，进退奇容千变。算何止、倾国倾城，暂回眸、万人断肠。

曾经，柳永因为沉迷于风月，竟错过了科举考试。那时他年少轻狂，为博佳人一笑，甘愿放弃功名。如今，父亲对他看管得严厉，督促他专心在书房备考。柳永也暗下决心，定要在科考场上鱼跃龙门。

科考之前，柳永特意来找红颜知己英英。在她的闺房里，柳永踌躇满志，将自己志在必得的狂傲书写在纸上：

长寿乐

尤红殢翠。近日来、陡把狂心牵系。罗绮丛中，笙歌宴上，有个人人可意。解严妆巧笑，取次言谈成娇媚。知几度、密约秦楼尽醉。仍携手，眷恋香衾绣被。　　情渐美。算好把、夕雨朝云相继。便是仙禁春深，御炉香袅，临轩亲试。对天颜咫尺，定然魁甲登高第。待恁时、等著回来贺喜。好生地。剩与我儿利市。

他似乎从不担心自己会落榜，甚至信誓旦旦地向英英承诺，等自己金榜题名，任英英想要什么，自己都会满足她。

然而，这一年的科考场上，柳永所擅长的浮丽辞藻，犯了宋真宗的忌讳。榜上无名的柳永不甘心，只能来找英英，向她寻求安慰。

几杯酒下肚，柳永的愁情得到麻痹，竟然又变得豪情万丈了起来。他告诉英英，自己不过是偶然失利，有什么可难过？他真正的目标是状元，如果遇不到赏识自己的君王，他宁愿做一名风流才子，只为歌妓谱写词章。

英英生怕柳永酒后失言，连连阻止，可失意的柳永竟然将自己的一腔不忿发泄了出来：

鹤冲天

黄金榜上。偶失龙头望。明代暂遗贤，如何向。未遂风云便，争不恣狂荡。何需论得丧。才子词人，自是白衣卿相。　　烟花巷陌，依约丹青屏障。幸有意中人，堪寻访。且恁偎红翠，风流事、平生畅。青春都一饷。忍把浮名，换了浅斟低唱。

这番牢骚话传到世人耳中，柳永被冠上了“不检率”“偎薄无行”的骂名。可是他不在乎。

一次科考失败，尚不足以对柳永造成打击。他坚信自己有金榜题名之日，可在那一天到来之前，他还是要沉浸在繁花似锦的旖旎梦境中。

秦楼楚馆里，总有艳遇发生。柳永爱上了一个名叫虫娘的歌妓，她的舞姿里有一股傲气，柳永欣赏不已。可惜，虫娘似乎对他不屑一顾，柳永只能用词句来吸引虫娘的注意：

木兰花

虫娘举措皆温润。每到婆娑偏恃俊。香檀敲缓玉纤迟，画鼓声催莲步紧。　　贪得顾盼夸风韵。往往曲终情未尽。坐中年少暗消魂，争问青鸾家远近。

虫娘果然被词句打动。他们百般缱绻，难舍难分。虫娘甚至剪下一缕头发送给柳永，作为定情信物。虫娘的陪伴，冲淡了柳永科举失败的忧愁。当又一个科考之日来临，柳永再次踌躇满志地赴考，得来的却又是落第的消息。

接二连三的失败，让柳永对科举开始失望。他打算离开汴京，四处漫游，寻找入仕之路。虫娘为了留下他，与他大吵一场，最终不欢而散。

柳永还是离开了汴京，在求仕路上四处碰壁。这段日子里，他从未停止对虫娘的思念。他甚至暗自打算，等考取功名之后，为虫娘购置一套宅院，娶她为妾。

漂泊的生活，让柳永厌倦，功名与爱情，皆是忧愁的来源：

凤栖梧

伫倚危楼风细细。望极春愁，黯黯生天际。草色烟光残照里，无言谁会凭阑意。　　拟把疏狂图一醉。对酒当歌，强乐还无味。衣带渐宽终不悔，为伊消得人憔悴。

他并没有将自己的思念告知虫娘，生怕自己的愁苦影响到虫娘，让这个世上又多了一个愁苦之人。

几番拜谒失败后，柳永终于认清，功名还是要从科考场上求取。他终于返回汴京，将自己关在书房里，埋头苦读，将全部希望寄托在科考上。可惜，这一次努力，换来的依然是失望的消息。

三次科考落第，已经消耗了柳永大半青春。他此时已经三十五岁，鬓边甚至依稀有了白发，却依然没有功名。

好在，虫娘还在柳永熟悉的地方。一别多年，虫娘的容颜已不似当初娇媚，柳永还是一把将她抱在怀中，任由她哭诉、捶打，将一腔怨气发泄出来，再与她重拾昔日的恩爱。

四十一岁那年，柳永再次踏入考场。这一次，他表现不俗，可进士名单上，依然没有他的名字。据说，宋仁宗看到柳永的名字，竟想到他曾在《鹤冲天》中写下的不忿之语。于是，宋仁宗特意留下话：“且去浅斟低唱，何要浮名？”

一句轻描淡写的话，断送了柳永的前程。仕途的大门在柳永面前牢牢关死，既然皇帝让他填词，柳永便索性自嘲是“奉旨填词”，彻底将自己隐入歌馆茶楼、市井巷陌之中。

“奉旨填词”柳三变，从此堕入红尘。曾经去过无数次的烟花柳巷，被柳永当作自己最后的栖息之地。那里能包容他所有的失落，一个又一个来了又去的姑娘，成全着他的玩世不恭。可其中的酸楚，却唯有他自己能够体会。

功名是枷锁

岁月可以改变容颜，却消减不了才情。人称“柳七公子”的柳永，带着他那些万种风情的词句，朝着那个只有歌声与欢笑的地方奔去。

他对汴京有留恋，可这里留给他的记忆，却大多是伤心的。离开汴京之前，柳永终于写下人活于世的无奈：

雨霖铃

寒蝉凄切。对长亭晚，骤雨初歇。都门帐饮无绪，留恋处、兰舟催发。执手相看泪眼，竟无语凝噎。念去去、千里烟波，暮霭沉沉楚天阔。　　多情自古伤离别，更那堪、冷落清秋节。今宵酒醒何处，杨柳岸、晓风残月。此去经年，应是良辰好景虚设。便纵有、千种风情，更与何人说？

这首词写满悲切，如果说柳永对汴京还有什么留恋，或许就是他心爱的那些歌妓，可能是虫娘，也可能是师师，还可能是一些不曾在柳永词句中留下姓名的女子。

临行之前，心爱的女子特地为柳永举办了送行宴。她反复向柳永劝酒，柳永却看得出，她不过是因为不忍离别而强作欢颜。当离别的时刻到来，她终于哭得梨花带雨。柳永心疼地握住她的手，却说不出任何安慰的言语。

多情的柳永，虽不被文人士大夫接纳，却深受青楼女子的眷顾。她们爱柳永，也爱他笔下的词。仿佛唱着柳永的词，她们便会化身词中的佳人，拥有深爱着她们的才子。

红尘巷陌之中，柳永有数不尽的红颜知己，那些令文人士大夫诟病的“艳俗”词句，却每一句都源于柳永的情真意切。

从此，烟花柳巷里，多了一个深情的写词人。柳永用自己的笔，写风尘女子的情。偶尔，他们会两情相悦，却从不说永远。他们的爱情总是精彩，分别也总是洒脱。

从没有任何一个文人像柳永这样频繁出入青楼之中，他为青楼女子写词，并以此为生，不求荣华富贵，不求被谁懂得，只求无拘无束。

这是一条注定看不到未来的路，可仕途之路更加走不通，那就索性纵情狂欢，让那些旖旎的词句传唱于市井民间。他的每一首抒情词，仿佛都在讲述一个故事。在世人心目中，柳永就是一代词宗。

“奉旨填词”，是柳永对这个尘世最大的嘲弄。他的词，记录下每一个赋予他温情的女子，一字一句，皆是绵绵情意。

殢人娇

当日相逢，便有怜才深意。歌筵罢、偶同鸳被。别来光景，看看经岁。昨夜里、方把旧欢重继。　　晓月将沉，征骖已鞴。愁肠乱、又还分袂。良辰好景，恨浮名牵系。无分得、与你恣情浓睡。

男欢女爱本就美好，世人说他写得露骨、艳俗，可在柳永看来，那些都是纯净的爱情。

漂泊的路上，也有许多重逢。每到一处，柳永都能遇到昔年相识的歌妓，当时初见的场景，总是历历在目。他感叹光阴荏苒，于是便要趁着年华正好，大醉一场，忘记那些虚名薄利，在江南的清风皓月里暂换人生的宁静。

然而，仕途依然是柳永心中的执念，即便是在那段靠写词为生的日子里，他的心底也始终保留着对科举入仕的期盼。

不知从何时起，柳永变得无法安睡，即便在睡前将自己灌醉，依然无法安睡到天明。他不愿为了功名四处奔走，可又觉得没有功名的人生不够圆满。于是，四十七岁那一年，他重返京城，却不知为何，还是没能参加这一年的春闱。或许，那句“奉旨填词”，已成为阻碍他仕途的最大屏障。

汴京总是能带给柳永接二连三的失意，仕途失意的他，打算去寻找昔日的两位红颜知己。她们一个名叫彩凤，一个名叫朝云，从前，柳永最喜欢向她们倾诉心事，可是，此番归来，两位红颜知己竟踪迹皆无。

她们不知何时已搬走，就连青楼中的其他女子都不知道她们的去处。或许这是一种预示：曾经笑语欢歌的日子，从此再难找寻了。

满朝欢

花隔铜壶，露晞金掌，都门十二清晓。帝里风光烂漫，偏爱春杪。烟轻昼永，引莺啭上林，鱼游灵沼。巷陌乍晴，香尘染惹，垂杨芳草。　　因念秦楼彩凤，楚观朝云，往昔曾迷歌笑。别来岁久，偶忆欢盟重到。人面桃花，未知何处，但掩朱扉悄悄。尽日伫立无言，赢得凄凉怀抱。

词中写尽了柳永对物是人非的无奈。帝里风光，似乎从不属于柳永。他又一次离开了，漂泊人间，哪里都不是归宿。

又是一段浮萍般的人生，这一次，柳永流连青楼的时间似乎少了许多。他四处拜谒，四处求仕，却又四处碰壁。直到章献明肃太后刘娥离世，宋仁宗亲政，特开恩科，通往仕途的大门，终于缓缓对柳永开启。

这一年恩科共取士一千六百四十人，柳永的名字，终于出现在黄金榜上。那一刻，他心中五味杂陈，说不清究竟是悲还是喜。他喜的是自己终于金榜题名，悲的却是，人生已经过半，五十岁的年纪考中进士，还能有多少前程?

从柳永后来的词句中可以看出，他入仕之后的人生，远不似从前快乐。他从未担任过重要官职，直到离世，也不过是区区屯田员外郎。

郁郁不得志的柳永，为了公务四处奔走，连欢乐都无处找寻了。既然身入宦海，就要苦苦挣扎。他想要取得一些政绩，可终日忙碌，处理的不过是一些琐事。即便柳永用尽全力，升迁之日依然遥遥无期。

按宋代制度，朝廷官员不许到青楼坊曲与歌妓往来，否则会受到弹劾。柳永素来名声不好，为了仕途，只得与所有歌妓断了联系，他的人生也随之苍白。

十六年官场生涯，柳永的忧愁远大于欢喜。以屯田员外郎身份致仕的柳永，从此定居润州。没有人知道他人生的最后时光都经历了什么，甚至连他最终葬于何处，都成了后人的争议。

有人说，柳永离世时穷困潦倒，是一群妓女合力安葬了他。每年清明，柳永墓前都有妓女前往祭扫，世人称之为“吊柳七”，也叫“上风流冢”。

一生为歌妓付出真情的柳永，最终换来一个浪漫的结局。他的人生那样孤寂，却又那样丰盛，他笔下的那些“杨柳岸晓风残月”，被后人当成一个个美丽的故事，传唱于红尘之中。

留他无计，去便随他去

柳如是与钱谦益：用尽一生，擦尽六根尘灰

一名青楼女子，内心该有多大的能量，才能无视自己的出身？柳如是身为“秦淮八艳”之一，容貌虽“艳”，内心却“刚”。她便是世人口中所说的那种敢爱敢恨的女子，一旦发现自己爱错了人，便洒脱抽身，却又从不对爱情绝望，依然甘愿为爱投入满腔热情。

钱谦益出现在柳如是的生命里，说不上是对是错，他们的结局或许算不上圆满，但在相遇的最初，他们的世界里也曾风花雪月、歌舞升平。

青山见我应如是

柳如是被卖入归家院的那一年，只有五岁。柳如是并非她的本名，她只记得自己姓杨，因为家贫，自幼被卖，甚至连个大名都没有。

归家院中，住着当时红遍江南的名妓徐佛，她为这个年幼的女童取名杨爱。有了名字，并不意味着人生圆满，只意味着在未来的风月场中，她有了一个可供人称呼的代号。

幼时的杨爱，身份是徐佛的婢女。归家院里，有许多和她年纪相仿的女童，她是其中最聪颖绝伦的一个。

七岁时，杨爱开始学习各种技艺。徐佛教她识字、读书、品茶、下棋、跳舞，为的是将来能取悦形形色色的男子。

在徐佛的教导下，杨爱博览群书，能写诗作文，更能画出秀雅的白描花卉。然而，她并不爱那些风花雪月的诗句，反而为岳飞的“靖康耻，犹未雪，臣子恨，何时灭”而激动不已。

只是，那时的她，还阻止不了自己即将堕入青楼的宿命。她能做的，只是为自己改一个名字——柳隐。隐者，不见也。身为女子，她不甘于迎来送往的人生，所以，她宁愿自己不曾来过，更希望自己不曾污浊。

被卖入“吴江故相”周道登家中为侍妾，对年幼的柳隐来说，不知是幸还是不幸。那时的周道登已年过六十，柳隐却仅仅十四岁。

如此悬殊的年龄差距，让柳隐在周道登面前仿佛是可爱的小孙女。周道登对柳隐的情感似乎也与爱情无关，更像是长辈对幼辈的眷顾之情。因为柳隐聪慧，周道登时常将她抱在膝头，教她诗词歌赋。如此偏爱，惹得周道登的其他妻妾醋意大发。周道登离世后，年仅十四岁的柳隐被赶出周家，被迫下堂而去，成为歌妓。

从此，柳隐流落松江。她又为自己改了名字——“影怜”，取浊世自怜之意。从此，她开始尝试着将人生掌握在自己手里。

年轻貌美的女子，总能惹得狂蜂浪蝶无数。在松江，影怜与复社、几社、东林党人皆有交往，时常身着儒服，与众文人雅集，纵谈天下大势，并多有诗词唱和。

就是在这段时间里，她读到了辛弃疾的《贺新郎》，被其中那句“我见青山多妩媚，料青山见我应如是”打动。从此，她自号“如是”。从前的姓与名，不再有人记得，世人记得的，只有才貌并重的歌妓柳如是。

柳如是眼光颇高，寻常男子根本无法打动其芳心。在遇到钱谦益之前，只有两个男子，曾让柳如是误以为遇见了爱情。

第一个男子，名叫宋辕文，是“云间三子”之一。他们在云间大学士陈继儒七十五岁的寿宴上相遇，宋辕文博学多才，且年轻俊秀，对柳如是一往情深。于是，他们理所当然地相恋了，爱得缠绵美好，却并不长久。

他们的恋情传到宋辕文母亲耳中，她不允许儿子与青楼女子相爱，生性懦弱的宋辕文不敢违抗母命，只得与柳如是分手。

白龙潭上，柳如是看着自己曾经爱过的男子，脸上写满对母亲的恐惧。她冷笑一声，举起倭刀，狠狠砍在面前的凤梧琴上。七根琴弦俱断，柳如是冷冷地告诉宋辕文，两人从此如同断开的琴弦，再无瓜葛。

那是柳如是第一次为情所伤，是陈子龙的出现，让柳如是重拾对爱情的希望。他陪在柳如是身边，悉心照料，温柔抚慰，纵然柳如是已看淡繁华，最终还是被陈子龙打动。

陈子龙比柳如是年长十岁，与宋辕文同为“云间三子”之一，父亲时任工部侍郎，家学渊源，陈子龙为人慷慨激昂，又落落有大节，更是八股文高手。

他总是翩翩君子的模样，对女子十分尊重。言谈之间，柳如是已知他读过许多书，又写得一手好字。这样的陈子龙，让柳如是倾心。他们相爱了，爱得情切意笃。陈子龙赴京参加进士考试时，柳如是赋诗相赠：

送别

念子久无际，兼时离思侵。

不自识愁量，何期得澹心。

要语临歧发，行波托体沉。

从今互为意，结想自然深。

陈子龙会试落第返回，自尊心一度受挫，闭门谢客，柳如是对他体贴备至，二人时常诗词唱和。

松江南园是他们的爱巢，他们在那里赋诗作对，互相唱和。柳如是为陈子龙作《男洛神赋》，陈子龙效仿张敞为柳如是画青黛眉。当时人皆认定，柳如是已经是陈子龙的妾氏。在柳如是的诗句里，曾描写过二人如胶似漆的甜蜜：

春江花月夜

小砑红笺茜金屑，玉管兔毫团紫血。

阁上花神艳连缬，那似璧月句妖绝。

结绮双双描凤凰，望仙两两画鸳鸯。

无愁天子限长江，花底死活酒底王。

胭脂臂捉丽华窘，更衣殿秘绛灯引。

龙绡贴肉汗风忍，七华口令着人紧。

玳筵顶飞香雾腻，银烛媚客灭几次。

强饮犀桃江令醉，承恩夜夜临春睡。

麟带切红红欲堕，鸾钗盘雪尾梢翠。

梦中麝白桃花回，半面天烟乳玉飞。

碧心跳脱红丝匼，惊破金猊香着月。

殿头卤薄绣发女，签重慵多吹不起。

柳如是以为自己终于觅得良人，可惜，一切美好的事物，总是不能长久。

在遇见柳如是之前，陈子龙就已有了妻子张氏。张氏得知柳如是的存在，带人闹到南园。一个是正室妻子，一个是没有名分的歌妓。一切狠毒的流言蜚语，自然都要柳如是去承受。无奈之下，柳如是只得与陈子龙作别。二人自此成文友，虽互知情深，却跨不过世俗之堑，因而寄别离于诗赋，再各奔东西。

曾经，柳如是对陈子龙倾注了全部的爱与希望，到头来，只是伤

心一场：

寒食雨夜

合欢叶落正伤时，不夜思君君亦知。

从此无心别思忆，碧间红处最相思。

这是怎样一种无法割舍的情愫？剪不断，理还乱，惹得离人心中万千缠绵，此生放不下。

鸾歌凤舞并知音

她再一次离开了熟悉的地方，一路南下杭州。恢复单身的柳如是，依旧大方从容，身边不乏名士追求。似乎天意使然，与柳如是交好的草衣道人王微，成了柳如是与钱谦益之间的“红娘”。

那时的钱谦益，为“江左三大家”之一，二十九岁时便考中探花，诗文在当时极负盛名，被奉为“文宗”和“虞山诗派”的代表人物。

只是，钱谦益的仕途并不顺畅，入仕不久，便卷入党争，遭人弹劾罢官。正是在这段时间，钱谦益在草衣道人家中看到了柳如是的诗：

西湖八绝句

垂杨小院绣帘东，莺阁残枝未思逢。

大抵西泠寒食路，桃花得气美人中。

这首诗写得清丽别致，钱谦益对最后一句尤其赞赏不已，于是便托草衣道人出面，邀请柳如是与自己同游西湖。

那一年，钱谦益五十八岁，柳如是二十二岁。初见时，在鼎鼎大名的钱谦益面前，柳如是毫无拘谨之态。钱谦益深深折服于柳如是的美丽与大方，感叹自己竟在如此年纪遇到了人生知己。

一时兴起之下，钱谦益竟一口气吟诵了十六首绝句，其中之一是：

草衣家住断桥东，好句清如湖上风。

近日西泠夸柳隐，桃花得气美人中。

他对柳如是的倾慕之情，已充盈诗外。那一次西湖同游之后，两人便开始书信往来。钱谦益对柳如是的诗词、文章、书法了解得越多，便对柳如是其人越发赞赏。

他们之间的年龄相差三十六岁，然而当真正的爱情来临，再大的年龄差距也无法成为阻碍其发生的鸿沟。

次年初冬，柳如是女扮男装，突然来到常熟虞山半野堂，登门拜访钱谦益，从那日开始，他们之间的感情便迅速升温。

佛教经书常以“如是我闻”四个字开头，意为经文为佛侍者阿难亲闻于释迦牟尼。于是，钱谦益便在半野堂之处建造了一间“我闻室”，以此来呼应柳如是的名字。湖光山色里，他们诗酒作伴，感情越发浓烈。

第二年正月底，柳如是与钱谦益在嘉兴鸳鸯湖分别。后来，钱谦益过西湖，游黄山，在黄山写了许多“游诗”，表露自己对柳如是的爱慕之情。柳如也写诗回赠，诗句情思缠绵，成了两人的定情书。

钱谦益虽是大名士、大诗人，但捧着柳如是写来的情诗，也不禁销魂心醉，更是深受感动。他在官场上沉浮了半生，见过许多女子，却从不曾遇见像柳如是这般的才女。这使得钱谦益对柳如是格外珍惜，爱她，也敬她，这份深情，柳如是感受得到，正因如此，她才愿意以妙龄之年嫁给年至耳顺的钱谦益。

那时的他们，是彼此眼中最美的风景，一个非他不嫁，一个非她不娶。

钱谦益不仅决定要娶柳如是为妻，还要大礼迎娶。当时世人极力反对，但两人并不在乎，执意结成秦晋之好。婚后，钱谦益专门为柳如是建造了“绛云楼”和“红豆馆”，他爱的不仅是柳如是的才华与美貌，更爱她独立平等、巾帼不让须眉的真性情。

曾经，柳如是与徽州富商汪然名关系密切，但在柳如是写给汪然名的信中，她一直自称为“弟”，这样的自称不禁让当时的文人士大夫们惊叹。

柳如是所写的诗中，也处处体现出她坚强的个性，以及对独立人格的追求：

初夏感怀四首·其一

海桐花发最高枝，碧宇霏微芳树迟。
汾水止应多寂寞，蓝田却记最葳蕤。
城荒弧角晴无事，天外欃枪落亦知。
总有家园归未得，嵩阳剑器莫平夷。

钱谦益爱的便是这样的柳如是，老夫少妻之间的情话，曾被柳如是写进《奉答牧斋》一诗：“春前柳欲窥青眼，雪里山应想白头。”

这对忘年夫妻，似乎总有办法哄得对方开心。更值得高兴的是，柳如是的到来，也为钱谦益带来了好运。

与柳如是婚后，钱谦益终于等来了朝廷的起用。他带着柳如是一同进南京。身处达官显贵云集之地，柳如是从不为自己曾经的身份自卑，更不刻意伪装自己。

她敢做最不寻常的装扮，也敢在一众文人士大夫面前展露自己的才情，她的字与画、诗与词，皆被文人士大夫们津津乐道，有如此洒脱的妻子陪伴在侧，钱谦益一度觉得，再大的官职，也比不上眼前这个传奇般的女子让他快乐。

但有时候，就连爱情都逃不过“盛极必衰”的规律。当爱到炽烈，随之而来的，不是情感降温，就是各种突如其来的变故。

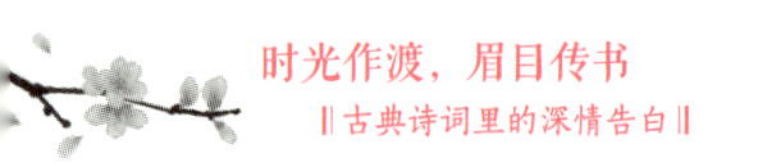

此去柳花如梦里

明崇祯十七年（公元1644年），李自成率义军攻破北京。三月十八日，崇祯帝自缢身亡，大明王朝就此终结。当消息传到江南，柳如是极力劝说钱谦益去南京，继续为南明朝廷效力。

钱谦益照做了，官职也得到升迁。可惜，不到一年，清军的铁蹄便滚滚南下，刚刚建立的南明小朝廷岌岌可危。

当清兵围城时，柳如是誓死不肯投降。她拉着钱谦益来到河边，想要夫妻二人一同以死明志。然而，她高估了自己的夫君，钱谦益还不想死，或者说，他不敢死。

那一刻，钱谦益为了苟且偷生下去挖空了心思，却始终找不到合理的借口。眼看柳如是要拉着他一同投水，钱谦益情急之下，竟说了一句“水太冷”。

柳如是从未像现在这样对夫君如此失望，又羞又怒之下，她毅然跳了河，却被钱谦益连拖带拽救了上来。

一口屈辱的怒气憋在柳如是胸口，她勉强按捺住情绪，请求钱谦益与自己一同归隐山林。哪怕余生隐居深山，柳如是也不愿沦为亡国之民。可钱谦益却不甘忍受清贫，当清军攻陷扬州与镇江之后，他再一次做出让柳如是不齿的事情。

公元1645年五月，钱谦益成了清军的降臣，还主动剪了头发，梳起了辫子。“忠心”的钱谦益被清朝廷任命为礼部右侍郎，这样的头衔，只让柳如是感到屈辱。

钱谦益上京赴任前，柳如是将一首诗送给他：

和泛舟诗韵

素瑟清尊迥不愁，柂楼云物似妆楼。

夫君本自期安桨，贱妾宁辞学泛舟。

烛下乌龙看拂枕，风前鹦鹉唤梳头。

可怜明月将三五，度曲吹箫向碧流。

她想唤起钱谦益对曾经宁静甜蜜的生活的回忆，用一腔柔情留住丈夫。可惜，她没能如愿。

柳如是执意独自留在南京，钱谦益向清廷投降的谄媚之举，她无论如何都做不到原谅。

据说，钱谦益曾发明了一件小领大袖的外套，还解释说："老夫之领学前朝，取其宽；袖依时样，取其便。"对此，他立即遭到嘲讽："先生真是两朝'领袖'！"

不仅外人嘲笑钱谦益，就连家人都时常对他语带嘲讽。世人的唾骂与内心的谴责，最终导致钱谦益在清朝廷任职仅仅半年便称病返回南京。清朝廷令巡抚、巡按随时监视钱谦益的举动，随时上报。之后，钱谦益带着柳如是返回常熟。

在常熟，看不惯钱谦益的人们时常追着他打。他与柳如是坐在船上，满船都是砖头、瓦块。失意的钱谦益，开始用诗酒消耗剩余的生命。每当他为一些不遂心的事情生气，便烦躁地绕屋彷徨，自言自

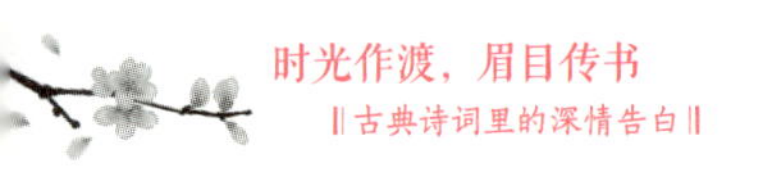

语：“要死要死！”

柳如是则在一旁冷冷回应：“你当初不死在乙酉南京陷落之日，而死于今日，这不是太晚了吗？”

国仇家恨，以及对钱谦益的失望，让柳如是的诗句中出现越来越多的伤感之语：

春日我闻室作呈外

裁红晕碧泪漫漫，南国春来正薄寒。

此去柳花如梦里，向来烟月是愁端。

画堂消息何人晓，翠帐容颜独自看。

珍重君家兰桂室，东风取次一凭阑。

回想起曾经的恩爱甜蜜，柳如是也希望能回到过去，在曾经那段相濡以沫、不离不弃的日子里，他们曾有过那样一望无悔的爱与悲悯。只是，儿女情长同家国天下相比，实在太渺小了。身处末世，曾经的温柔乡，已变成伤心地。

虽然柳如是难以原谅钱谦益的“失节”，但当钱谦益被黄毓祺反清案牵连入狱，柳如是还是拖着病体，冒死上疏，请求让自己代钱谦益而死，否则就与他一同赴死。

她四处奔走，终于将钱谦益营救出来，之后，又鼓励钱谦益加入反清复明的队伍。在柳如是的鼓励下，钱谦益为反清复明出谋献策，又利用了自己曾经的个人影响力，帮助反清复明之士摆脱迫害。

而柳如是自己，则尽全力资助抗清义军，数次冒死到抗清义军中犒师。公元1650年，绛云楼不慎起火，藏书和大批珍宝古玩化为灰烬。即便如此，柳如是依然卖尽金珠，全力资助抗清义军。

柳如是的种种义举，渐渐冲淡了世人对钱谦益的反感。可惜，明朝覆灭已成定局，几番挫败之后，郑成功放弃反清，去往台湾。此后，柳如是与钱谦益相守于红豆山庄里，红颜白发，互慰平生。

公元1664年，八十三岁的钱谦益离世。钱家族人见钱谦益子孙爱文弱，觊觎其田产，就闹上门来要债。柳如是几经劝解，不见成效，她决定，用自己的命来保住钱谦益留下的田产。

那日，她将争财产的族人请来，好言相劝，盛筵相待，趁着酒桌喧闹之时，柳如是佯称去后楼取财物。上楼后，她关上门，用一条白绫结束了自己的生命。

自尽之前，柳如是已安排好人去衙门告状，并牢牢关死了大门。当衙门的人赶来，柳如是早已没了呼吸，那些争斗的族人，因家主新丧，逼死当家主母而获罪。

柳如是在留给女儿的遗书中写道：“我来钱家二十五年，从不曾受人之气。今竟当众被凌辱，娘不得不死。娘之仇，女儿当同你哥哥一起出头，拜求你父亲知道。”

从不曾向命运妥协的柳如是，最终在胁迫中终结了一生，年仅四十七岁。她死后，钱孙爱以匹礼将她与钱谦益合葬于拂水山庄。她的墓，位于钱谦益墓西侧，墓碑上刻有“河东君之墓”五个字。

此生，柳如是曾享过人间富贵，看过人间繁华，历过人间苦难，直到离开这个世界。

人生若只如初见

纳兰容若与卢氏：一宵冷雨，葬了一生喜悦

在中国的诗词史上，纳兰容若被称为“千古第一伤心词人”。他的词，缠绵悱恻，写满忧愁与心酸，就连他的父亲明珠读了他的遗作《饮水词》后，都不禁老泪纵横：“这孩子，明明什么都有了啊！为什么会这样不快活？”

或许，纳兰容若的惆怅，只因他的多情。他只是人世间一位匆匆过客，年仅三十一岁就撒手人寰，但他留下的爱情故事却穿过三百多年的时光，至今依然动人心扉。

心事眼波难定

从出身上讲，纳兰容若算得上被上天眷顾的宠儿。他出生于显贵人家，父亲是清康熙朝的铁腕权相纳兰明珠，母亲出身爱新觉罗皇族，可谓含着金汤匙出生。

纳兰容若从小便沉浸在富贵书香中。父亲格外重视儒学，家中时常有鸿儒往来。为了培养纳兰容若，父亲花费重金延请名师授课。纳兰容若本就聪颖，自幼过目不忘，十岁便能写诗，成了冠绝京城的神童。

十七岁为诸生，十八岁举乡试，二十二岁殿试赐进士出身，贵公子纳兰容若，不仅才华出众，更是文武双全之人。他马骑得好，箭射得准，即便上阵杀敌也不在话下。

因此，他被康熙皇帝看重，选为御前侍卫。这是多少贵族子弟梦想中的职位，与皇帝近距离接触，便有更多的机会跳到更高的仕途。

纳兰容若的确晋升得很快，不到六年，便从三等侍卫晋升为一等侍卫。世人皆以为，拥有如此顺风顺水的人生，纳兰容若本应风光无限。可是，他似乎总是不快乐。

在入宫做侍卫之前，纳兰容若曾经拜翰林院大学者徐乾学为师。在老师的影响下，纳兰容若对做学问产生了浓厚的兴趣，更梦想成为翰林院的高级学者。

他的个性本就适合做学问。由老师徐乾学辑、他校刊的经学丛书《通志堂经解》，让他名震京城，康熙皇帝也是因此对他产生关注的。

命运弄人，康熙皇帝选中纳兰容若后，偏偏安排他做御前侍卫这份他不喜欢的工作。并且，伴君如伴虎，御前侍卫看似人前显贵，背后却有常人难以承受的压力。

纳兰容若只能寄情于诗词歌赋，与身边的朋友相交游。纳兰容若交友，从不在意对方的身份、家世与年龄，只看是否志趣相投。然而，他身边的朋友大多遭遇坎坷与不幸，或因故离他而去，这又成了纳兰容若人生中的第二抹忧愁。

纳兰容若一生创作的348首诗词的绝大部分都与爱情有关。从诗词的内容可知，纳兰容若人生中的第三抹忧愁，便是爱情。

若将爱情比喻为一段华美的锦缎，那么纳兰容若的爱情，则是一段以愁苦为基调，具有婉约之美的素色锦缎，其中掺杂着几缕灼人的甜蜜金线，却仅仅是一闪而过。

年少时的爱情，总是旖旎柔软的，就如同纳兰容若与表妹最初的相逢。那年暮春三月，阳光在庭院中的辘轳金井旁洒下惆怅的诗意，让纳兰容若不忍踏足。一袭美丽的身影就在此时闯入了他的视线，令他的心底荡起阵阵涟漪。

如梦令

正是辘轳金井，满砌落花红冷。蓦地一相逢，心事眼波难定。谁省？谁省？从此簟纹灯影。

表妹的出现，让十五六岁的纳兰容若心头滋生出一种从未体会过的情愫。他是天生的情痴，一次相遇，便注定是一段情深。

在纳兰容若眼中，表妹总是美丽可爱的。他愿意将与表妹相处的这段记忆用美丽的诗词描画出来，却又觉得难以说尽当时的美好。

其实，沉浸在美好的爱情里，根本无须多言。与表妹之间的爱情，让纳兰容若的心渐渐明朗起来，生活中不再只有诗词、书画与骑射，还多了表妹甜美的微笑。每当想起表妹，纳兰容若的心底都会被甜蜜充斥，一抹笑意不自觉地挂在嘴角。

他们的爱情，在悄悄进行。整个府中，都没有人发现被这二人隐藏的甜蜜。只有当二人独处时，浓烈的爱意才会毫无阻碍地升腾。

表妹是一朵花，盛开在纳兰容若的心头。有时，他们会趁着家人都已睡去，双双出门，在夜色中漫步。表妹喜欢将花瓣捣碎，涂抹到指甲上，美人指间的一点红，让纳兰容若怜爱。那美好的指尖，令他动容，却也令他伤感。

从这段爱情发生的那一刻起，他们便知道，此生或许不能长相厮守。表妹背负着进宫选秀的使命，一旦被皇帝选中，她此生就将困守于皇宫，再也不能离开。

执子之手，却不能与之偕老，那是何等的遗憾！纳兰容若还来不及细细品味爱情的美好，便猝然经历分别的痛楚。

表妹被选为了秀女，这意味着她即将成为皇帝的妃子。此后，就连远远望她一眼，都成了奢望。他们甚至来不及说一句再见，一段短暂的初恋，尚未来得及揭开朦胧的面纱，便不得不戛然而止。

初恋的美好，如同昙花一现。表妹入宫后，纳兰容若第一次感受到命运对自己的刻薄，他也因此饱尝相思之苦：

画堂春

一生一代一双人，争教两处销魂。相思相望不相亲，天为谁春？　浆向蓝桥易乞，药成碧海难奔。若容相访饮牛津，相对忘贫。

能诠释这一段无果的相逢的，唯有凄美的词句。纳兰容若明白，表妹从此只属于那座辉煌的城池，他们的爱情，被高高的宫墙永远阻隔。

因为命运的捉弄，他们不得不走出彼此的生命。即便纳兰容若日后曾有许多机会走入深锁的宫门，却心已成灰，只愿表妹一切安好，别无他想。

东风不解愁

康熙十二年（公元1673年），年轻的纳兰容若在与表妹被迫分手之后，又遭遇了第二次人生打击。殿试前夕，他因染上寒疾，错失了金榜题名的机会。这使得本就多愁善感的他一蹶不振。正当纳兰容若痛苦不堪之时，父母为他安排了一门亲事。

康熙十三年（公元1674年），二十岁的纳兰容若迎娶了十八岁的卢氏，他的人生，从此翻开了崭新的篇章。

卢氏的父亲卢兴祖，是汉军镶白旗人，时任两广总督。纳兰容若与卢氏的婚姻，原本只是政治产物。他们的父亲，一个是中央要员，一个是封疆大吏，京官与地方官结亲，是官员之间结亲的最理想模式。

新婚之日，纳兰容若无论如何都无法说服自己开心起来。洞房花烛夜，他甚至懒得摘下新娘头上的盖头。他默默走到书桌旁坐下，借着烛火，写下自己对表妹的思念。

不知不觉中，纳兰容若在书桌旁睡去。第二日清晨，他睡眼蒙眬地看到卢氏正在一旁默默梳洗。她的身上散发出安静与平和的气息，甚至不曾向公婆提起新婚之夜遭受的冷遇。

卢氏的宽容让纳兰容若愧疚，他不愿再隐瞒妻子，将自己与表妹之间的故事向卢氏和盘托出。卢氏听罢，眼中泛着泪花，却并非气愤和伤心，而是对表妹的同情。

这样善良的女子，让纳兰容若心生依恋。从那次起，无论有任何心事，纳兰容若都会对妻子倾诉，在她面前，他再也没有任何秘密。

温柔的卢氏，从不追问纳兰容若与表妹的过去。有时，纳兰容若在思念表妹时，会写下凄婉动人的词句。卢氏对纳兰的爱与包容，胜过心底的嫉妒与酸楚。她总是默默地帮纳兰容若整理那些诗词，纳兰容若越来越被卢氏的温柔与大度折服。更重要的是，他发现，他们彼此有着相似之处：温柔、纯真、孩子气。

一次大雨，纳兰容若在书房看书，突然发现许久没有看见卢氏，四处遍寻不着，直到找到后院，纳兰容若惊讶地发现，卢氏竟然站在那里撑着两把伞，一把遮自己，一把遮着刚开好的荷花，那模样看着好笑，却又可爱至极。

他们在心底深深地爱着彼此，纳兰容若每次去书房看书，卢氏总要提前进书房，帮他将书桌收拾好，摆上纳兰容若喜欢的瓜果。

纳兰容若文学底蕴深厚，卢氏的文采也不容小觑。她是典型的名门闺秀，又自幼随父亲南下广州，在那里生活了七年。卢兴祖对女儿的教育尤为重视，在嫁给纳兰容若之前，卢氏已经走南闯北，实现了读万卷书，行万里路。

纳兰容若曾问卢氏：“最悲伤的字是哪个？”卢氏答：“若。”纳兰容若不解，卢氏说道：“凡‘若’出现，皆是因为对某人某事无能为力。”

在纳兰容若眼中，卢氏的才华堪比才女李清照。夫妻两人平日里便学着李清照与赵明诚夫妇，赌书泼茶，谈古论今。

卢氏的身上，有一种淡泊名利、优雅从容的林下风气，不似谢道韫那般强韧，也不像李清照那样大胆。她将对丈夫的爱深深藏在心里，常常用女性的温婉化解纳兰容若内心的苦闷。

在婚姻的最初，纳兰容若更多地将卢氏当成自己的知己。不久之后，他发现，自己已经将卢氏当成了真正的恋人。他们之间的爱恋，虽不像他当初与表妹相恋时那般浓烈，却更温馨隽永。

他们终于过起了神仙眷侣般的日子，那段时光让纳兰容若无比依恋。他在词中一次又一次地记录下这段美好的婚后爱情：

浣溪沙

一半残阳下小楼，朱帘斜控软金钩。倚阑无绪不能愁。　有个盈盈骑马过，薄妆浅黛亦风流。见人羞涩却回头。

一曲红尘之恋，正在人间上演。荷花盛开时，卢氏喜欢将莲子撒入池塘。她叫纳兰容若与自己一同撒下莲子，一人一颗，等到明年，荷塘中就会开起并蒂莲，那是属于他们的爱情之花。

卢氏的笑容，洗尽了纳兰容若心头的尘埃。她喜欢在书房里陪伴纳兰容若，自己也会随手翻阅他的藏书。一次，卢氏偶然发现书中夹着一张纳兰容若为她绘制的小像，虽尚未完成，但已经可以看出眉眼轮廓。

见卢氏喜欢自己的画，纳兰容若便拿起画笔，要为妻子画一幅丹青。卢氏就那样静静地坐着，任由纳兰容若在画纸上勾勒。一幅画画了许久，可夫妻二人都未感到疲倦。

直到天色将晚，一幅栩栩如生的画终于浮现于纸上。纳兰容若再次提笔，在画旁赋诗一首：

浣溪沙

旋拂轻容写洛神，须知浅笑是深颦。十分天与可怜春。　　掩抑薄寒施软障，抱持纤影藉芳茵。未能无意下香尘。

他画中的卢氏，有着如同洛水女神一般的美貌，深颦浅笑，皆美丽动人。卢氏笑起来时，脸上会出现美丽的酒窝。她的神态总是柔和的，就连微微蹙眉时，眉眼间仿佛都带着微微笑意和绵绵深情。

与卢氏的婚姻，仿佛是上天的馈赠。纳兰容若从未想过，遵从父母之命的婚姻，竟能让他收获人世间最美好的爱情。那时，纳兰容若觉得自己是这个世界上最幸运的男子，他有那样完美的妻子，既能读懂他的心，又愿意包容他。

在卢氏的照料下，纳兰容若的身体渐渐恢复。为了考取功名，他常常早起晚睡，卢氏则在书房中默默陪伴，给予纳兰容若无声的鼓励。

康熙十五年（公元1676年），纳兰容若在殿试中考中二甲第七名。不久之后，卢氏又为他生下一个儿子。上天接二连三的奖赏，让纳兰容若如在梦中。

随着儿子的出生，纳兰容若感到人生终于变得完整。这样的人生，已让他知足。他希望能与卢氏一生相守，然而，这样小小的愿望，上天却不肯满足。

生下儿子之后不久，卢氏染上一场疾病，缠绵病榻。纳兰容若尚未意识到，命运已向他露出了狰狞的面目。

一往情深深几许

纳兰容若对卢氏病情的担忧，很快就冲淡了儿子降生带来的喜悦。卢氏的病情丝毫没有好转的迹象，反而越来越重，曾经美丽的容颜，日渐枯槁。

他们相伴三年，每一天都是甜蜜而温馨的。一想到可能会失去妻子，纳兰容若便无法抑制住悲伤的眼泪。

疾病已经让卢氏没有力气拂去丈夫脸上的泪水，带着对丈夫和儿子的不舍，卢氏在病榻上缓缓合上双眼。纳兰容若此生都无法忘记，妻子在离世前，那不舍的眼神。

失去了卢氏，纳兰容若又变回了这个世界上最孤独的人。他恨上天不公，只给自己短短三年的美好人生。他的心仿佛已经随着卢氏一同死去，留在世上的，不过是一具失去了灵魂的躯壳。

青衫湿·悼亡

近来无限伤心事，谁与话长更？从教分付，绿窗红泪，早雁初莺。　　当时领略，而今断送，总负多情。忽疑君到。漆灯风飐，痴数春星。

他还是无法接受妻子离世的事实，这件事仿佛一场灾难，折磨得纳兰容若一蹶不振。他甚至找不到一个可以倾诉苦闷的人，因为这个世界上最好的安慰，都是卢氏给予的。

纳兰容若渐渐无心睡眠，无数个夜晚，他手持蜡烛，独自游荡在空旷的房子里，宛若一缕幽魂。家中的每一个角落，都曾留下他与卢氏相伴的美好记忆，尤其是书房，那是他们一同读书、作画的地方。卢氏的音容笑貌，仿佛镌刻在这里。每当对卢氏的思念无法抑制，纳兰容若便会来这里坐一会，捧着书，闭上眼，就好像卢氏就在身旁。

浣溪沙

谁念西风独自凉，萧萧黄叶闭疏窗。沉思往事立残阳。　　被酒莫惊春睡重，赌书消得泼茶香。当时只道是寻常。

美好的时光，越回忆，越悲凉。妻子的离世，对纳兰容若造成了太大打击。他只能在人后无声垂泪，后悔自己从前不曾给妻子更多关爱。他只能在梦中与妻子团聚，可是，每次总是来不及说上几句话，便从梦中醒来，空留遗憾。

书房中，到处都是纳兰容若为卢氏所写的悼亡词，还有他为卢氏绘制的小像。父亲偶然看到纳兰容若所写的悼亡词，竟从中发现些许万念俱灰之意：

虞美人

春情只到梨花薄，片片催零落。夕阳何事近黄昏，不道人间犹有未招魂。　　银笺别梦当时句，密绾同心苣。为伊判作梦中人，长向画图清夜唤真真。

再看到纳兰容若日渐消瘦的模样，父母不免忧心忡忡，生怕他追随卢氏而去。他们决定用亲情去化解纳兰容若冰冻的心，向来孝顺的纳兰容若，终于因父母的爱而清醒了些许。他将对亡妻的思念强压在心底，尽量在父母面前表现得平静。

只是，每一个节日，都变成纳兰容若最痛苦的日子。中秋佳节，整个京城的人都为这个团圆的节日而欢庆，唯有纳兰容若，看着别人的团圆，独自凄凉。

他将妻子亲手为他缝制的衣服紧紧抱在怀中，那衣服针脚细密整齐，一针一线都饱含着妻子的深情。

他多希望妻子能向从前一样，在天凉时轻轻为他披上一件外衣，再温柔地提醒他要保重身体。此刻，纳兰容若只能寄恨于酒，来麻醉自己痛苦的神经。他饮下一杯又一杯，当醉意袭来，他不知不觉走出房门，竟在梧桐树下睡去。

因为担心纳兰容若悲伤过度，父母曾想过烧掉卢氏的全部遗物，又怕纳兰容若因此更加伤心，只得作罢。

纳兰容若明白父母对自己的担忧，在父母面前，他只能将自己的悲痛掩藏得更深。能寄托哀思的，只剩下诗词。

纳兰容若笔下的悼亡词，悲伤得让人不忍卒读。能在梦中与妻子重逢，成为纳兰容若最大的愿望。他甚至不忍心将妻子埋葬，而是将她的灵柩放在双林禅院，请那里的高僧为她超度。

转眼间，卢氏已离开一年。这一年里，纳兰容若常常来双林禅院，守在卢氏的灵柩旁，一坐就是一天。

僧人安慰纳兰容若：死去的人会告别一切痛苦，在极乐世界里过着快乐的日子。可纳兰容若知道，没有自己的陪伴，妻子怎么可能快乐。

他就这样郁郁寡欢地活着，即便一纸皇恩降临，封他为乾清宫御前侍卫，纳兰容若依然感受不到快乐。

成为皇帝的贴身侍卫，是何等荣耀？父母为纳兰容若举办了一场热闹的庆典，希望以此重新点燃他的生命。

纳兰容若接受着众人的庆贺，心底的伤口又在无声中撕裂。卢氏是他在这个世界上唯一的知己，再大的快乐，也已经无人可以分享。

父母已经为纳兰容若续娶了官氏女子，可卢氏在他心中的地位依然无法被取代。每到卢氏忌日，纳兰容若便会悲伤到极致，唯有借诗词发泄一腔思念：

金缕曲·亡妇忌日有感

此恨何时已。滴空阶、寒更雨歇，葬花天气。三载悠悠魂梦杳，是梦久应醒矣。料也觉、人间无味。不及夜台尘土隔，冷清清、一片埋愁地。钗钿约，竟抛弃。　　重泉若有双鱼寄。好知他、年来苦乐，与谁相倚。我自终宵成转侧，忍听湘弦重理。待结个、他生知己。还怕两人俱薄命，再缘悭、剩月零风里。清泪尽，纸灰起。

与卢氏相处的三年，仿佛一场美梦，一朝梦醒，生活的所有滋味荡然无存。卢氏常用的妆奁盒，还摆在原处，卢氏生前最爱的发钗，被纳兰容若一直带在身上。如今，卢氏已离开多年，纳兰容若的眼泪早已流干。

在卢氏的忌日，他默默为亡妻烧着纸钱，看着一张张黄纸在火中焚化，纳兰容若的一颗心也飞舞成灰。

愁苦压垮了纳兰容若的身体。那些绝美的词作，也终于耗尽了他的心力。他是天生情痴，多年来，他为亡妻忍受着“难禁寸裂柔肠”的痛苦，一场小小的风寒，便轻易夺走了他的生命。

纳兰容若离世时，年仅三十一岁，那一日，刚好是卢氏离世八周年的忌日。纳兰容若与卢氏虽不能同日生，却同日死。是承诺也好，巧合也罢，这样的结局，竟平添了一份浪漫，此后，他们终于可以永远在一起。